Bieniek & Band – das sind:

Christian Bieniek
wurde 1956 in Dieburg geboren. Er lebt in Düsseldorf und schreibt Bücher für Kinder und Erwachsene.
Mehr über ihn findest du unter www.christianbieniek.de

Marlene Jablonski
wurde 1978 in Danzig geboren. Sie arbeitet seit ihrem Abitur als freie Schriftstellerin in Düsseldorf.

Vanessa Walder
wurde 1978 in Heidelberg geboren. Sie arbeitete für die österreichische Jugendzeitschrift TOPIC und lebt heute als freie Schriftstellerin in Wien.

Zwei echte Profis

Bieniek & Band

Schwere Jungs und leichte Beute

UEBERREUTER

Die Deutsche Bibliothek - CIP-Einheitsaufnahme

Schwere Jungs und leichte Beute / Bieniek & Band.
- Wien : Ueberreuter, 2002
(Zwei echte Profis ; Bd. 8)
ISBN 3-8000-2959-6

Umschlaggestaltung von Zembsch' Werkstatt, München, unter Verwendung einer Illustration und eines Fotos von Hans-Jürgen Feldhaus

Druck: Ueberreuter Print
7 6 5 4 3 2 1

Ueberreuter im Internet: www.ueberreuter.at

Kapitel 1

»Endlich Osterferien!«, ruft Murat zum x-ten Mal und reißt jubelnd beide Fäuste in die Höhe.

»Ist ja gut!«, versuche ich ihn zu beruhigen. »Du tust ja so, als wären wir nach zehn Jahren Haft aus dem Gefängnis entlassen worden.«

»Genau so fühle ich mich auch, Benedikt!«, behauptet er mit einem strahlenden Lächeln.

Wir stehen gerade an einer roten Ampel. Als sie auf Grün springt, setzt sich mein Freund mit lebhaften Schritten in Bewegung. Normalerweise schlurfen wir beide nach der Schule immer im Schneckentempo nach Hause. Aber heute ist alles anders. In so guter Stimmung habe ich Murat schon lange nicht mehr erlebt.

Im Gegensatz dazu hält sich meine Freude über die Osterferien in Grenzen. Das liegt an jemandem aus meiner Klasse, den ich nun zwei Wochen lang nicht sehen werde. Dieser Jemand ist eigentlich eine Jemandin und heißt Bianca.

»Wann fahrt ihr denn los?«, erkundigt sich mein Freund, als wir an der nächsten roten Ampel Halt machen.

»Morgen. Hoffentlich ist das Wetter nicht so mies in St. Peter-Ording. Bin mal gespannt auf die Ferienwohnung, die meine Eltern gemietet haben! Wehe, sie entpuppt sich als die allerletzte Bruchbude!«

Murat kichert.

»Tja, du musst ja wohl die nächsten zwei Wochen auf Balkonien verbringen«, sage ich, worauf mein Freund kopfschüttelnd erwidert: »Blödsinn! Wir fliegen nach Mallorca!«

»Echt?« Ich bin total überrascht. Eigentlich sollte Murat in den nächsten zwei Wochen auf meine Schildkröte Emily aufpassen.

»Wann fliegt ihr denn los?«

»Heute Nacht«, antwortet Murat schmunzelnd. »Sobald ich mich ins Bett gelegt und die Augen geschlossen habe, düse ich in den Süden an den schönsten Traumstrand der Welt. – Blöderweise nur im Traum«, fügt er kleinlaut hinzu und lässt dann die Mundwinkel hängen.

Tröstend will ich eine Hand auf Murats Schulter legen, doch er schüttelt mich ab und fragt mit grimmiger Miene: »Was ist eigentlich mit Bianca? Hast du dich von ihr verabschiedet?«

Natürlich. Und zwar mit einem Händedruck und einer Verbeugung und einem Strauß Blumen – allerdings nur in meiner Einbildung. In Wirklichkeit hatte ich mir zwar fest vorgenommen, mich heute in einer der großen Pausen von Bianca zu verabschieden, aber dauernd kam etwas dazwischen. Und zwar ihre beste Freundin Lydia! Diese Quasselstrippe hat eine so scharfe Zunge, dass man damit mühelos Kokosnüsse zerschneiden könnte. Lydia und ihren ätzenden Sprüchen gehe ich lieber aus dem Weg.

»Leider kam nicht der richtige Moment für einen richtigen Abschied«, gestehe ich Murat. »Sie und diese Schwatzbacke Lydia sind ja unzertrennlich!«

»Stimmt doch gar nicht!«, widerspricht Murat, während er auf die andere Straßenseite schaut. »Da drüben siehst du den Beweis!«

Ich folge seinem Blick. Alles, was ich sehe, ist eine alte Dame, die sich gerade bückt, weil anscheinend ihre Schnürsenkel aufgegangen sind.

»Hast du Tomaten auf den Augen?«, frage ich Murat.

»Seit wann ist Bianca Mitte siebzig, hat graue Locken und kann sich kaum bücken?«

»Hey, du blindes Huhn!«, zischt Murat. »Siehst du nicht das Mädchen vor dem Schaufenster?«

Mein Freund hat Recht: Dort steht tatsächlich Bianca und schaut sich die Auslagen an. Warum habe ich sie nicht sofort entdeckt? Bestimmt deshalb, weil weit und breit nichts von Lydia zu sehen ist. Die beiden treten ja sonst nur im Doppelpack in Erscheinung.

Beim Anblick von Biancas Rücken galoppiert mein Herz drauflos wie ein durchgegangenes Rennpferd. Und in meinem Bauch wird ein Ballon aufgeblasen, der größer und größer wird.

»Na los!«, ermuntert mich mein Freund. »Worauf wartest du denn?«

Auf ein bisschen Mut, der mich dazu anstachelt, die Straße zu überqueren und Bianca anzuquatschen. Das ist nämlich gar nicht so einfach. Sobald ich vor ihr auftauche, wiegt meine Zunge plötzlich zehn Kilo. Und ein unsichtbarer Reißverschluss zwingt meine Lippen dazu, geschlossen zu bleiben. Meistens jedenfalls.

Es ist aber auch schon vorgekommen, dass ich ein paar Sätze mit Bianca gewechselt habe. Nein, natürlich keine Liebeserklärungen, sondern mehr oder weniger belangloses Zeug. Und obwohl ich dabei wahnsinnig aufgeregt war, bin ich nicht mit einem Herzinfarkt zusammengebrochen.

»Wenn du noch länger zögerst, ist sie gleich verschwunden!«, fängt Murat wieder an. »Jetzt reiß dich endlich zusammen und flitz auf die andere Straßenseite. Denk dran: Du wirst sie zwei Wochen lang nicht wiedersehen! Sie fliegt nämlich morgen nach Portugal.«

Zwei Wochen ...

Diese vierzehn Tage ohne Bianca werden mir wahrscheinlich wie vierzehn Jahre vorkommen!

Nachdem ich ganz tief Luft geholt habe, marschiere ich mit entschlossenen Schritten auf die andere Straßenseite. Doch als ich dort ankomme, dreht sich Bianca auf einmal um und starrt in meine Richtung. Prompt suche ich Deckung, und zwar bei der alten Dame, die mit ihren Schnürsenkeln beschäftigt ist.

»Äh – kann ich Ihnen helfen?«, frage ich sie, als ich neben ihr in die Knie gehe.

Nachdem sie mich mit einem verwirrten Blick gemustert hat, erscheint ein Lächeln auf ihrem Gesicht.

»Gerne, junger Mann!«, sagt sie mit überraschend tiefer Stimme.

Ich schnappe mir die Senkel von ihrem linken Schuh und schnüre sie zu. Dabei linse ich zwischen den Beinen der Dame zu Bianca hinüber, die inzwischen ihren Weg fortgesetzt hat.

»Das war aber nett, mein Junge!«, lobt mich die Dame, die ganz gerührt ist von meiner kleinen Hilfsaktion, und greift in ihre Manteltasche. »Vielen Dank!«

Sie drückt mir einen Schein in die Hand. Fünf Euro! Für zwanzig Sekunden Arbeit.

»Das ist zu viel!«, protestiere ich, worauf die Dame nur den Kopf schüttelt und weitergeht.

Murat kommt angerannt.

»Die hat dich bezahlt?«, fragt er total baff.

Ich nicke und präsentiere ihm den Geldschein. Er reißt die Augen auf.

»Fünf Euro?« Murat kann es nicht fassen. »Fünf Euro?«, wiederholt er. »Dafür hätte ich ihr auch noch die Zehennägel geschnitten und die Füße geküsst.«

»Los, lass uns schnell weitergehen!«, dränge ich Murat. »Bianca ist schon um die Ecke verschwunden.«

Er zuckt die Schultern. »Na und? Hol sie doch ein, wenn du unbedingt willst! Ich muss hier noch ein paar Geschäfte machen.«

»Hä?«

Und schon verwandelt sich Murats Stimme in einen Lautsprecher: »Schnürsenkel zumachen! Für nur fünf Euro! Lass Murat schnüren deine Schuhe, dann hast du von den Senkeln Ruhe!«

Ich zeige ihm einen Vogel und wünsche ihm viel Erfolg. »Ich rufe dich nachher noch mal an!«, verspreche ich ihm und mache mich dann an Biancas Verfolgung.

Als ich um die Ecke biege, sind Murats Reime immer noch zu hören. Keinen Reim kann ich mir allerdings darauf machen, warum Bianca schon wieder vor einem Schaufenster Halt gemacht hat. Seit wann trödelt sie auf dem Heimweg? Und wieso wird sie nicht von Lydia begleitet?

Genau diese zwei Fragen werde ich ihr jetzt stellen!

Doch als ich neben Bianca ankomme, dreht sie den Kopf in meine Richtung. Und dann geschieht etwas ganz Furchtbares: Sie lächelt mich an.

Wahnsinn!

Wenn ich ein Erdbeereis wäre, würde ich jetzt als rote Pfütze zu Biancas Füßen liegen. Dieses Lächeln könnte sogar das ewige Eis auf dem Mount Everest zum Schmelzen bringen.

»Na?«, begrüßt sie mich fröhlich.

»Na?«, kommt es von mir wie ein Echo zurück.

In Gedanken klopfe ich mir anerkennend auf die Schulter. Gut gemacht, Benedikt! Du hast ein Wort rausgekriegt, ohne dabei deine Zunge zu verknoten. Aber was soll bei so einem kurzen Wort auch großartig schief gehen? Ein ganzer Satz wäre natürlich weitaus riskanter. Soll ich ihn trotzdem wagen?

Ich balle die Fäuste in meinen Hosentaschen und sage: »W-w-wo ist L-l-lydia?«

»Wahrscheinlich sitzt sie schon im Auto«, antwortet Bianca, ohne auf mein Gestotter einzugehen. »Sie wollte direkt nach der Schule mit ihren Eltern nach Schweden fahren. Ich lasse mir heute etwas Zeit beim Heimweg, weil meine Mutter beim Zahnarzt ist. Was soll ich denn allein zu Hause?«

»Aha!« ist alles, was mir dazu einfällt. Dabei glotze ich Bianca an, als hätte ich sie noch nie zuvor gesehen. Heute hat sie ihre blonden Haare zu einem langen Zopf geflochten. Wieso lade ich sie nicht einfach zum Mittagessen zu uns ein? Dann müsste sie nicht alleine zu Hause rumhängen. Meine Mutter hätte bestimmt nichts dagegen.

Doch während ich noch nach den passenden Worten suche, sagt Bianca plötzlich »Tschüss!« und will gehen.

Ohne darüber nachzudenken, was ich da eigentlich tue, packe ich sie am Arm und halte sie fest.

»Aua!«, faucht sie und reißt sich los. »Was soll der Quatsch?«

»Ich – äh – ich wollte dir noch was sagen.«

»Was denn?«

»Ich – äh – du – äh – du hast schöne Ohren!«

O nein! Ist dieser Satz wirklich über meine Lippen gekommen? Verdammter Mist! Was sage ich als Nächstes? Dass ich sie heiraten und mindestens drei Kinder mit ihr haben will?

Auf mein Kompliment hat Bianca mit verlegenem Gekicher reagiert. Nachdem sie verstummt ist, schaut sie mich ganz seltsam an. Ich halte ihrem Blick stand, obwohl ich dabei wahrscheinlich so rot werde wie mein Anorak.

Bianca öffnet den Mund, sagt dann aber doch nichts. Stattdessen dreht sie sich um und eilt mit großen Schritten davon. Wie angewurzelt bleibe ich stehen und schaue ihr hinterher, bis sie zwischen den vielen Passanten verschwunden ist.

Ich stoße einen tiefen Seufzer aus und schlurfe alleine weiter.

Straßen, Häuser, Menschen, Geschäfte – alles ist

spurlos verschwunden, jedenfalls für die Augen von Benedikt Bachmann. Das Einzige, was ich vor mir sehe, ist ein lächelndes Mädchen mit einem blonden Zopf und den süßesten Ohren der Welt.

»Hast du den Heimweg im Schildkrötentempo zurückgelegt?«, wundert sich meine Mutter, als ich endlich zu Hause eintrudle. »Wo hast du denn so lange gesteckt?«

Ich schaue mich erstaunt um. Nanu, wo sind denn die vier Koffer hin? Heute Morgen standen sie doch noch im Flur. Haben meine Eltern sie etwa schon ins Auto verfrachtet?

»Wo ist denn unser Gepäck?«, frage ich meine Mutter.

In diesem Moment kommt mein Vater aus dem Wohnzimmer. Ich erkenne auf den ersten Blick, dass irgendwas passiert ist. Mein Vater macht selten ein ernstes Gesicht.

»Was ist los, Vati?«

Er bleibt vor mir stehen und streicht mir über den Kopf.

»Deiner Oma geht's nicht gut«, murmelt er. »Sie ist umgekippt und liegt jetzt in Hannover im Krankenhaus. Auf der Intensivstation.«

»Ach du Schande!«

»Wir fahren gleich hin.«

»Und St. Peter-Ording? Wir wollten doch morgen losfahren!« Eigentlich kenne ich die Antwort schon. Ich weiß, es ist gemein von mir, jetzt daran zu denken. Schließlich habe ich meine Oma sehr lieb. Und ich will natürlich nicht, dass ihr was passiert. Aber mal ehrlich –wie könnte ich schon helfen?

»Tja ...« Vater breitet bedauernd die Arme aus. »Dieser Urlaub fällt wohl ins Wasser. Es wäre übrigens besser, wenn du nicht mitkommst nach Hannover.«

»Wie lange bleibt ihr denn weg?«, erkundige ich mich.

»Keine Ahnung«, antwortet mein Vater. »Wir wissen ja nicht, wie es mit deiner Oma weitergeht. Es könnte sein, dass – dass sie heute oder morgen –«

Er verstummt. Ich sehe plötzlich meine Oma vor mir, wie sie strahlend ein Riesenstück Schokolade vor mir auf den Tisch legt. Oder wie sie mir aus *Das Dschungelbuch* vorliest. Ein gewaltiger Frosch setzt sich in meinen Hals und meine Augen werden feucht. Kann es sein, dass meine Omi ...

»Aber man muss nicht gleich das Schlimmste annehmen«, mischt sich Mutter ein. »Vielleicht ist sie bald wieder überm Berg. Jedenfalls können wir dir nicht genau sagen, wann wir zurückkommen.«

»Hm.« Ich schaue von Mutter zu Vater und wieder zurück. »Aber wenn ich ganz alleine zu Hause bleiben soll, dann könnte ich ja auch genauso gut nach St. Peter-Ording fahren.« Ich will nicht hier sitzen und darauf warten, dass das Telefon klingelt und mir mein Vater mit tränenerstickter Stimme sagt, dass ... dass ...

»Das geht leider nicht«, sagt Mutter. »Keinem Minderjährigen wird eine Ferienwohnung überlassen. Du müsstest von mindestens einem Erwachsenen begleitet werden.«

Genau eine Hundertstelsekunde denke ich nach. »Kein Problem!«, erkläre ich meinen Eltern. »Der Erwachsene ist zwar eine Sie und benimmt sich nicht besonders erwachsen, aber mitkommen wird sie auf jeden Fall.«

Meine Eltern wechseln einen Blick.

»Hm«, macht Vater. »Du meinst –«

»Genau die meine ich!«, beende ich seinen Satz und flitze zum Telefon.

Mit nervösen Fingern tippe ich die Nummer in den Apparat. Kurz darauf meldet sich die Baronin. »Von Stöver!«

»Hallo, Baronin! Hier ist Benedikt!«

»Bist du schon in St. Peter-Ording?«

»Nein, noch nicht.«

»Wann geht's denn los?«, will die Baronin wissen.

»Morgen«, antworte ich. »Hoffentlich«, füge ich hinzu und komme dann zum Thema. »Hören Sie, ich brauche unbedingt Ihre Hilfe!«

»Haben wir etwa einen neuen Fall?«

»Nicht ganz. Es ist eher eine Art Beschattung.«

Die Baronin ist sofort Feuer und Flamme. »Auf wen sollen wir ein Auge werfen? Auf einen Millionär, dem eine Entführung droht? Auf die Tochter eines Politikers? Auf einen Filmstar? Auf einen sündhaft teuren Chihuahua, der vor Kampfhunden geschützt werden soll?«

Typisch Baronin! Sobald sie einen Fall wittert, geht die Fantasie mit ihr durch.

»Nein, Sie sollen ein Auge auf den Sohn eines Taxifahrers werfen«, erkläre ich ihr. »Und zwar auf mich!«

Schweigen in der Leitung.

»Sind Sie noch dran, Baronin?«

»Willst du mich vergackeiern, mein Junge?«, fragt die Baronin zurück. »Warum soll ich dich denn beschatten?«

»Aufpassen ist vielleicht der bessere Ausdruck.«

»Aha, ich soll Babysitter spielen«, sagt die Baronin leicht genervt.

»Erstens bin ich kein Baby«, stelle ich klar. »Und zweitens geht's um Urlaub am Meer.«

»Sag mir bitte mal ganz genau, was du von mir willst«, fordert die Baronin mich auf.

Ich erzähle ihr von meiner Oma und der Intensivstation und der Ferienwohnung und dem Erwachsenen, den ich unbedingt brauche.

»Ferien an der Nordsee? Warum nicht?«, sagt die Baronin. »Aber werden wir beide uns da nicht in die Haare kriegen?«

»Ach Quatsch! Wir sind doch keine Friseure!«

Die Baronin lacht. »Na schön, dann hol mal deine Mutter oder deinen Vater an den Apparat, damit ich die Einzelheiten mit ihnen besprechen kann.«

»Okay! Bis später!«

Ich rufe meine Mutter und drücke ihr den Hörer in die Hand. Dann gehe ich in die Küche, wo Vater gerade die Kaffeemaschine angeworfen hat.

»Na, kommt die Baronin mit?«, will er wissen.

»Ja.«

Er setzt sich an den Tisch und fährt sich mit beiden Händen durch die Haare. Dann lehnt er sich zurück, lässt die Arme baumeln und sieht mit nachdenklicher Miene zum Fenster hinaus.

»Wird Oma sterben?«, frage ich ihn leise.

Er nickt. »Ich auch. Deine Mutter auch. Und du auch.«

»Ich meine, wird Oma in den nächsten Tagen sterben?«

Ein schwaches Lächeln huscht über sein Gesicht. »Wenn ich das wüsste, wäre ich nicht Taxifahrer, sondern Gott!«

Kapitel 2

Am nächsten Vormittag sitzen die Baronin und ich im Intercity nach Husum. Dort müssen wir umsteigen, um nach St. Peter-Ording zu kommen. Ich bin glänzend gelaunt, obwohl ich gestern die halbe Nacht damit verbracht habe, mein Kopfkissen zu waschen. Und zwar mit meinen Tränen. Ständig musste ich daran denken, dass meine Omi sterben könnte. Als ich schließlich doch einschlief, träumte ich, dass ich ein ganz berühmter Arzt wäre und meiner Oma ein seltenes Medikament aus Südafrika bringen würde, das sie sofort gesund machte.

Wer weiß, vielleicht hatte meine Omi genau den gleichen Traum? Denn wie ich heute Morgen am Telefon von meinem Vater erfahren habe, geht es ihr inzwischen schon sehr viel besser. Sie liegt nicht mehr auf der Intensivstation. Vielleicht hat ihr auch meine selbst gemalte Gute-Besserung-Wunschkarte geholfen? Schließlich soll Lachen doch gesund sein. Und bei den Blumen und Bäumen und Sonnenstrahlen, die ich gemalt habe, hat sie bestimmt Tränen gelacht – weil sie so unglaublich schlecht waren! Sie hat mich grüßen lassen und mir versprochen, dass sie sich mit dem Sterben noch ganz viel Zeit lassen will.

Trotzdem wollen meine Eltern in Hannover bleiben, auf Omas Wohnung aufpassen und sie jeden Tag im Krankenhaus besuchen.

»Hoffentlich ist das Wetter an der Nordsee genau so gut wie bei uns in Hamburg«, sage ich, als der Zug den Hauptbahnhof verlässt.

Gemütlich lehne ich mich zurück und schaue hinaus. Im Gegensatz zu mir wirkt die Baronin kein bisschen entspannt. Hoch aufgerichtet sitzt sie neben mir. Unaufhörlich spähen ihre Adleraugen im Großraumwagen umher. Kein Zweifel: Sie ist mal wieder auf der Suche nach einem neuen Fall!

»O mein Gott!«, flüstert sie plötzlich. »Das darf ja wohl nicht wahr sein!«

»Was ist denn?«

»Da hinten im Raucherabteil hockt eine finstere Gestalt. Nein, nicht hinsehen!«, weist sie mich zurecht, weil ich den Kopf recke. »Das wäre viel zu verdächtig!«

»Was ist denn mit dieser Gestalt? Hat sie irgendwas getan?«

»Nein, eben nicht.«

Ich verstehe nur Bahnhof.

»Die Gestalt ist eine Nonne«, erfahre ich von der Baronin.

»Und was hat sie verbrochen?«

»Mitesser. Mindestens fünfzig Stück! Ihre Nase ist fast so schwarz wie ihre Kutte!«

Ich muss lachen. »Mitesser sind ja wohl nicht strafbar, oder?«

»In meinen Augen schon!«, erklärt die Baronin. »Damit verstößt die Nonne gegen mein Schönheitsempfinden.«

»Welche Strafe gibt's denn darauf? Fünf Stunden Kosmetiksalon?«

»Gibt's denn im Kloster keine Spiegel?«, schimpft die Baronin weiter, ohne auf meine Zwischenbemerkung einzugehen. »Also ich würde mich nicht aus meiner Wohnung trauen, wenn ich so viele Mitesser mit mir rumschleppen würde!«

In puncto Gepflegtheit macht der Baronin niemand etwas vor. Wenn ich mal mit schmutzigen Schuhen bei ihr auftauche, drückt sie mir gleich eine Bürste in die

Hand. Und bemerkt sie beim Shoppen eine Laufmasche in ihrer Strumpfhose, steigt sie prompt ins nächste Taxi und fährt nach Hause.

Trotzdem glaube ich nicht, dass sie sich unter normalen Umständen darüber aufgeregt hätte, dass diese Nonne Mitesser hat. Sie ist schon den ganzen Morgen so seltsam. Und ich glaube, ich weiß auch, woran das liegt. Meine Oma ist um fünf Jahre jünger als die Baronin. Wenn jemand in ihrem Alter ins Krankenhaus kommt und vielleicht sogar stirbt, schlägt ihr das immer aufs Gemüt. Im Altersheim, in dem sie wohnt, bekommt sie solche Geschichten jeden Tag zu hören. Und das gefällt ihr überhaupt nicht.

Na schön, die Baronin hat auch hin und wieder Schwächeanfälle und musste sogar schon mal ins Krankenhaus. Aber das lag selten an ihrem Körper, sondern eher an ihrem Kopf. Die einzigen Krankheiten, an denen die Baronin leidet, sind eingebildete. Sie hatte noch nicht mal eine Blinddarm- oder Mandeloperation. Seitdem ich die Baronin kenne, war ich öfter ernsthaft krank als sie.

Und ich kenne sie immerhin schon seit ein paar Jahren.

Kennen gelernt haben wir beide uns auf einer Polizeiwache. Sie überraschte mich nicht nur mit ihrem Namen – Karoline Baronin von Stöver –, sondern auch mit ihrem Hobby: Krimis. Die verschlingt sie nämlich stapelweise. Und ich habe auch noch nie eine Diät gemacht, wenn es um Krimis ging. Da passen wir beiden Vielfraße doch perfekt zusammen, oder?

Der eigentliche Auslöser für unser Zusammentreffen auf der Polizeiwache damals war ein Unfall mit Fahrerflucht, den wir zufällig beobachtet hatten. Als echte Krimispezialisten hatten wir uns beide natürlich die Autonummer des Wagens gemerkt. Darum wurden wir von der Polizei als Zeugen auf die Wache bestellt.

Seitdem haben wir zusammen so manchen kniffligen Fall gelöst. Schmugglern, Betrügern, Entführern und Dieben sind wir schon auf die Spur gekommen. So mancher Ganove sitzt nur deshalb hinter schwedischen Gardinen, weil die Baronin und ich unsere Spürnasen in seine finsteren Machenschaften gesteckt haben.

Weder die Baronin noch ich können genug kriegen von spannenden, vertrackten Fällen. Dass sie hier im Intercity allerdings irgendein verdächtiges Subjekt erspähen kann, bezweifle ich sehr. Sie hat immer noch nicht damit aufgehört, ihre neugierigen Blicke durch den Wagen schweifen zu lassen. Trotzdem sind wir vollkommen überrascht, als wir plötzlich selbst beobachtet werden.

Wie aus dem Nichts steht auf einmal eine kleine, dunkelhaarige Frau vor uns und starrt uns aus großen, pechschwarzen Augen an. Sie trägt eine bunte Bluse und einen schwarzen Rock.

»Kennen wir uns?«, fragt die Baronin nicht besonders freundlich.

Die Frau wiegt den Kopf. »Schwer zu sagen«, erwidert sie mit rauchiger Stimme. »Vielleicht nicht aus diesem Leben, aber möglicherweise aus einem früheren.«

Die Augenbrauen der Baronin wandern in die Höhe.

»Ich habe Sie beide schon am Bahnsteig beobachtet«, fährt die Frau fort, die etwa so alt wie meine Mutter sein dürfte. »Irgendwas stimmt nicht mit Ihnen«, sagt sie der Baronin auf den Kopf zu. »Sie verschlingen Ihre Umgebung mit Blicken, die ich sonst nur von Raubtieren kenne.«

Die Baronin muss lachen. Sie hört jedoch sofort damit auf, als die Frau nach ihrer Hand greift und sich in die Linien wie in ein Buch vertieft. So sprachlos habe ich die Baronin schon lange nicht gesehen. Die Dreistigkeit der kleinen, geheimnisvollen Frau hat ihr glatt die Rede verschlagen.

»Sie haben eine außerordentliche Vorliebe für Gefahr«, ertönt die rauchige Stimme. »Sie spielen gerne mit dem Feuer. Sie begeben sich in brenzlige Situationen, die andere lieber vermeiden. Aber Vorsicht, meine Liebe! Irgendwann werden Sie sich dabei die Finger verbrennen!«

»Dann rufe ich die Feuerwehr!«, knurrt die Baronin unwirsch und entzieht der Frau ruckartig die Hand.

Nun bin ich an der Reihe. Die dunklen Augen durchbohren mich mit einem forschenden Blick.

»Und wie ist es mir dir, junger Mann? Soll ich mal einen Blick in dein Schicksal riskieren?«

Ohne zu zögern strecke ich ihr meine linke Pfote entgegen, was die Baronin mit einem Kopfschütteln kommentiert.

»Und?«, frage ich ungeduldig nach, weil die Frau keinen Ton von sich gibt. »Was lesen Sie in meiner Hand?«

»Dass du kein besonders großer Freund von Seife

bist«, brummt die Frau. »Das würde ich allerdings auch erkennen, wenn ich nicht aus der Hand lesen könnte.«

Ich wische mir schnell die Hand an der Jeans ab und strecke sie wieder aus.

»Na, können Sie jetzt besser lesen?«, erkundige ich mich.

Die Frau nickt. »Ich sehe ein Mädchen. Sie hat rotes, langes, lockiges Haar.«

Hm, die Frau muss farbenblind sein. Bianca hat doch blonde Haare!

»Aber da ist ja noch ein anderes Mädchen«, ruft sie überrascht aus.

»Echt?«

»Ja! Sie ist so klein wie ein Schuh. Aber dafür ist ihr Herz umso größer. Und es schlägt nur für dich. Ich kann sie nicht so gut erkennen. Da versperrt mir etwas die Sicht. Ein Panzer oder so was Ähnliches. Und außerdem sehe ich eine Glatze.«

Na toll! Ein winziges, glatzköpfiges Mädchen hat ihr Herz an mich verloren. Wer kann das bloß sein? Ach ja: Emily, meine Schildkröte!

»Sie liegen gar nicht so falsch«, lobe ich die Frau, die meine Hand inzwischen losgelassen hat. »Allerdings ist das Mädchen ein kleines Tier.«

»Jedenfalls in *diesem* Leben!«, erwidert die Wahrsagerin mit geheimnisvoller Miene. »Wer weiß, vielleicht wird aus ihr im nächsten Leben ein wunderschönes Mädchen.«

Nachdem sie uns eine gute Reise gewünscht hat, verabschiedet sie sich von uns und kehrt zurück auf ihren Platz.

»Verrückte Nudel!«, zischt die Baronin mir zu. »Die kann höchstens in die Röhre schauen, aber nicht in die Zukunft!«

Immerhin bescheren mir die Worte der seltsamen Dame einen angenehmen Traum.

Als ich nämlich kurz darauf einschlafe, erscheint mir Emily, die sich innerhalb weniger Minuten – und durch einen kleinen Kuss von mir, bäh! – in Bianca verwandelt. Da ich mit meiner Schildkröte so vertraut war, verhalte ich mich Bianca gegenüber kein bisschen schüchtern. Endlich kann ich ihr alles sagen, was ich ihr immer schon mal sagen wollte. Aber wir reden nicht nur miteinander. Bei einem Spaziergang durch den Wald bleiben wir plötzlich stehen und sehen uns ganz lange in die Augen. Und dann drückt mir Bianca einen Kuss auf die Wange und flüstert zärtlich in mein linkes Ohr:

»Aufwachen, Benedikt!«

Nein, das war nicht Bianca, sondern die Baronin. Ihre Stimme klingt so zärtlich wie ein Rasenmäher. Sie rüttelt mich heftig an der Schulter.

»Wach auf, mein Junge! Wir sind gleich in Husum! Dort müssen wir umsteigen. Los, zieh dich an!«

Gähnend recke und strecke ich mich, worauf mir die Baronin einen kräftigen Stoß in die Seite verpasst.

»Beeilung!«, schimpft sie und springt auf. »Wir müssen raus!«

Typisch Baronin! Sie hat immer solche Angst, den Ausstieg zu verpassen, dass sie schon eine halbe Stunde vorher mit dem Koffer in der Hand an der Tür stehen muss!

Im Halbschlaf schlüpfe ich in meinen Anorak. Die Baronin drückt mir den großen Rucksack und den kleinen Koffer in die Hand, schnappt sich dann ihr Gepäck und stößt mich vor sich den Gang entlang zur Tür.

Ein paar Minuten später stehen wir auf dem Bahnsteig von Husum und sind damit beschäftigt, uns nicht umpusten zu lassen. O Mann, ist das ein Wind! Mir stehen die Haare zu Berge. Wenn ich nicht das Gepäck in der Hand hätte, würde mich der Sturm bis nach Hannover ins Krankenzimmer meiner Oma wehen. Die würde vielleicht staunen, wenn ich plötzlich durch die Fensterscheibe fliegen würde! Plötzlich fühle ich einen Stich im Magen. Hätte ich nicht doch mit meinen Eltern nach Hannover fahren sollen? Vielleicht würde meine Oma noch schneller gesund werden, wenn ich sie auch jeden Tag besuchte. Ich könnte ihr ein paar von Murats dummen Witzen erzählen. Dann würde sie sicher so schnell wie möglich gesund werden – um mir zu entkommen.

»Riechst du die Seeluft?«, brüllt die Baronin mit leuchtenden Augen. »Herrlich, nicht wahr?«

Was soll so herrlich daran sein, dass einem fast die Ohren vom Kopf gerissen werden? Aber anscheinend bin ich der Einzige hier, der sich nicht für den Sturm begeistern kann: Um mich herum wimmelt es nur so von Menschen mit verzücktem Lächeln um die Lippen. Die meisten von ihnen schleppen so viel Gepäck mit sich herum, als wollten sie ans andere Ende der Welt auswandern. Dabei sind sie offenbar genau wie wir auf dem Weg nach St. Peter-Ording, um dort die Osterferien zu verbringen. Ich sehe mir die Leute etwas genauer an. Könnte ja sein, dass sie mir später noch mal über den Weg laufen. Auch die Frau mit der rauchigen Stimme kämpft gegen den Wind, der ihren schwarzen Rock hochzureißen droht. Ich habe mal ein Poster gesehen, auf dem Marilyn Monroe ihren Rock so nach unten drückt. Die sah dabei aber bedeutend besser aus. Also wende ich den Blick ab und halte nach dem Zug Ausschau.

Als der Regionalzug ein paar Minuten später hält, stürmen die Menschenmassen die drei Waggons. Ich werde förmlich in die Zange genommen und so heftig von allen Seiten bedrängt, dass mir der Rucksack aus der Hand fällt. Beim Aufheben rammt mir jemand sein Knie in den Rücken.

Ich will mich beeilen, weil ich Angst habe, den Zug zu verpassen, aber die Baronin hält mich zurück.

»Warte, bis alle drin sind!«, meint sie gelassen. »Wir finden schon noch einen Platz.«

Und zwar auf unseren Koffern, die mitten im Gang des letzten Waggons stehen! In so einem vollen Zug habe ich noch nie im Leben gesessen. Wenn es noch Plätze im Gepäckregal gäbe, wären die garantiert auch besetzt. Aber dort oben stapeln sich Taschen und Koffer.

Der dicke Schaffner muss sich in Zeitlupe durch das Gewühl arbeiten und schnauft dabei wie ein Walross.

Als er bei uns ankommt, stehen ihm vor Anstrengung die Schweißtropfen auf der Stirn.

»Die Fahrkarten bitte!«, ächzt er erschöpft.

Die Baronin greift in ihre Handtasche und ich in meinen Rucksack. Nachdem der Schaffner die Fahrkarte der Baronin kontrolliert und sie ihr wiedergegeben hat, wartet er auf meine. Ich reiche ihm den ganzen Umschlag.

Er sieht hinein und legt dabei seine Stirn in Falten. »Ich bin nicht hier um zu kontrollieren, ob du ein guter Fotograf bist.« Er gibt mir den Umschlag zurück. »Zeig mir lieber deine Fahrkarte!«

Erst jetzt erkenne ich, dass der Umschlag ganz anders aussieht als der, in dem meine Fahrkarten stecken. Total verwirrt schaue ich hinein. Fotos! Ein ganzer Stapel davon. Wie kommen die in meinen Rucksack?

»Was ist jetzt mit der Fahrkarte?« Der Schaffner kratzt sich ungeduldig am Hals und wischt sich dann mit dem Jackenärmel den Schweiß von d[illegible] Stirn.

Ich greife in den Rucksack. Als ich [illegible] Hand wieder herausziehe, hängt das Oberteil eines lila Bikinis an meinen Fingern. Die Baronin ist nicht die Einzige, die in lautes Gelächter ausbricht. Auch alle Leute ringsum finden die ganze Szene offenbar furchtbar komisch.

»Das ist gar nicht mein Rucksack!«, erkläre ich dem Schaffner und dem Rest des Waggons. »Der muss eben am Bahnsteig vertauscht worden sein, als er mir runtergefallen ist.«

Der Schaffner glaubt mir kein Wort, das merke ich ihm ganz genau an. Doch statt sich aufzuregen und mir ein Strafgeld abzuknöpfen, zieht er nur eine Schnute und geht dann weiter.

»Das ist gar nicht dein Rucksack?« Die Baronin sieht mich voller Begeisterung an. »Soll das heißen, wir haben einen neuen Fall?«

»Nein, das heißt nur, dass ich keine Badehose mehr habe, aber dafür einen lila Bikini! Damit lasse ich mich garantiert nicht im Hallenbad sehen.«

»Schade!«, ruft eine Dame vom anderen Ende des Waggons.

»Ja ja, hier muss man gut auf seine Siebensachen aufpassen!«, meint ein älterer Herr, der hinter mir auf einem riesigen Koffer sitzt. »Haben Sie von dem Handtaschenräuber gehört, der gerade in St. Peter sein Unwesen treibt?«

»Nein«, antwortet die Baronin.

»Jedenfalls wird es höchste Zeit, dass er geschnappt wird«, sagt der Mann, worauf die Baronin mir verschwörerisch zuzwinkert, zwei Finger ihrer rechten Hand in die Höhe streckt und murmelt: »Fall Nummer zwei!«

Kapitel 3

In St. Peter-Ording ist Endstation. Die Baronin und ich halten natürlich Ausschau nach meinem Rucksack, können ihn aber in dem ganzen Durcheinander nirgends entdecken. Mehrmals schreie ich aus voller Kehle: »Hat zufällig jemand meinen Rucksack?« Doch ein paar genervte Blicke bleiben die einzige Reaktion darauf.

Vor dem Bahnhof warten wir eine Viertelstunde lang auf ein Taxi. Dabei knurren unsere Mägen um die Wette. Der Rucksack ist für den Augenblick vergessen. Wir reden nur mehr übers Essen und stellen uns vor, wie wir in einem Restaurant sitzen und gigantische Portionen der leckersten Gerichte vor uns aufgetürmt werden. Leider geht davon der Hunger nicht weg, im Gegenteil!

Endlich kommt das Taxi – und fährt uns etwa vierhundert Meter und zwei Minuten weit. Vor einem zehnstöckigen Wohnhaus, das auch bei uns in Hamburg stehen könnte, bleibt der Wagen stehen.

Unsere Stimmung nähert sich dem Gefrierpunkt. Der unhöfliche Hauswart, der uns den Schlüssel aushändigt, sorgt dafür, dass sich die Baronin in eine grimmige Kratzbürste verwandelt, die mich im Aufzug anfaucht: »Wieso habe ich dein schwachsinniges Angebot nicht abgelehnt? Sogar bei uns im Altersheim ist es gemütlicher als in diesem hässlichen Kasten!«

Unsere Wohnung im achten Stock hat zwei winzige Schlafzimmer, ein Wohnzimmer, in dem sich nicht mal eine Ameise verlaufen könnte, eine Kochnische, ein Bad und einen Balkon. Und genau dieser Balkon sorgt dafür, dass die gute Laune der Baronin auf einen Schlag wiederkehrt.

»Was für ein großartiger Ausblick!«, schwärmt sie, als wir zusammen auf den Balkon treten. »Schau dir das an, mein Junge! Man kann ja fast bis nach Helgoland sehen!«

Alles, was ich sehe, ist Wasser. Und ein irrsinnig breiter Strand. Und Himmel, Himmel, Himmel! So viel Himmel auf einmal gibt's in Hamburg gar nicht. Leider ist kein bisschen Blau zu sehen, nur dichte, graue Wolken. Allerdings ist der Wind hier oben so wahnsinnig heftig, dass ich mich mit beiden Händen ans Geländer klammere, um nicht vom Balkon geweht zu werden.

Zehn Minuten später begeben wir uns auf Futtersuche. Doch an jedem Restaurant, das wir ansteuern, hat die Baronin etwas auszusetzen. Einmal gefallen ihr die Gardinen nicht. Dann sind ihr die Vorspeisen zu einfallslos. Beim dritten findet sie die Fenster zu schmutzig. Das vierte hat geschlossen. Im fünften gibt es zehn Druckfehler auf der Speisekarte.

»Wenn sie nicht mal die Namen der Gerichte richtig schreiben können, dann können sie sie auch garantiert nicht kochen!«, behauptet die Baronin störrisch.

Wir sind auf der Strandpromenade unterwegs und kämpfen nicht nur gegen unseren Hunger an, sondern auch gegen den Wind, der offenbar aus allen vier Richtungen gleichzeitig bläst. Wenn die Baronin oder ich lange Haare hätten, würden die uns jetzt gnadenlos auspeitschen.

Plötzlich bleibt die Baronin stehen, streckt den rechten Zeigefinger aus und ruft: »Genau da will ich essen!«

»Da?«

Das Restaurant, auf das sie zeigt, steht auf hohen

Pfählen am Strand. Und der ist endlos weit von der Promenade entfernt. Ein Holzsteg ist die einzige Verbindung dorthin.

»Da?«, wiederhole ich entgeistert. »Ehe wir bei dem Restaurant ankommen, haben die längst dichtgemacht, wetten?«

»Papperlapapp!«

Seufzend folge ich der Baronin, die mit forschen Schritten auf den Steg zumarschiert.

Auf dem Weg zum Strand sage ich keinen Ton mehr. Beim Öffnen meines Munds würde sofort eine Tonne Sand in meinem Rachen landen und darauf habe ich keinen Appetit. Schlimm genug, dass der verfluchte Sand meine Augen und Ohren piesackt!

Wir gehen und gehen, aber das Ende des Stegs kommt einfach nicht näher.

»Von weitem sah das gar nicht so weit aus«, gibt die Baronin zu. »Sollen wir umkehren?«

Ich schüttle heftig den Kopf. Wohin sollten wir denn umkehren? Zu all den Restaurants, die der Baronin nicht gefallen?

Meinen Mund öffne ich erst wieder, nachdem wir die knarrenden Holzstufen zum Restaurant hinaufgestiegen sind und die Tür geöffnet haben. Der Duft nach Essen sorgt dafür, dass in meinem Mund eine Überschwemmung stattfindet.

»Wahnsinn – wir haben es tatsächlich geschafft!«, stöhne ich. »Ich dachte wirklich, ich breche unterwegs vor Hunger zusammen.«

Die Baronin schaut sich zwar skeptisch die nicht besonders gediegene Einrichtung an, aber mir ist völlig egal, wie die Stühle, die Tische und die Fenster aussehen. Hauptsache, der Koch haut gleich was Leckeres für mich in die Pfanne! Wenn nicht, knabbere ich die Tischdecke an!

Die Baronin und ich entscheiden uns für zwei Fischgerichte. Zum Trinken bestellt sie ein Glas Weißwein und ich mir eine Cola. Während wir auf die Getränke warten, fällt ihr Blick auf den Rucksack.

»Wieso schleppst du ihn denn mit dir rum?«, wundert sie sich. »Er gehört dir doch gar nicht. Willst du gleich den Bikini anziehen?«

»Sehr witzig!«

Als ich mir vorhin in der Wohnung den Rucksack umhängte, habe ich überhaupt nicht daran gedacht, dass es gar nicht meiner ist. Plötzlich wird mir meine missliche Lage erst so richtig bewusst.

»Was mache ich denn jetzt bloß ohne meine Sachen?

Und mein Geld ist natürlich auch futsch«, jammere ich.

»Wieso? Hast du die Geldbörse nicht eingesteckt, wie ich's dir gesagt habe?«, fragt die Baronin.

»Ach ja, richtig!« Das hatte ich ganz vergessen. Aus Sicherheitsgründen hatte ich mein Geld in meine rechte Hosentasche gesteckt. Und da befindet es sich auch jetzt noch, wie ich sogleich feststelle. Ich atme auf.

»Außerdem hab ich ja genug dabei«, beruhigt sie mich. »Und was du sonst noch brauchst, kauf ich dir nachher.«

Sie schnappt sich den fremden Rucksack und kramt drin herum.

»Nur Klamotten«, meint sie enttäuscht. »Und das hier!« Sie holt noch mal den Umschlag mit den Fotos heraus, den ich im Zug dem Schaffner in die Hand gedrückt habe. »Die sollten wir mal genauer unter die Lupe nehmen. Vielleicht geben sie uns Aufschluss darüber, wem der Rucksack gehört.«

Wir beugen uns über den Tisch und betrachten aufmerksam jedes einzelne der an die dreißig Bilder. Sie dürften alle hier in St. Peter-Ording aufgenommen worden sein, aber sie sehen nicht wie richtige Urlaubsfotos aus.

Stutzig werden wir erst bei der vorletzten Aufnahme. Auf den ersten Blick ist darauf kaum was zu erkennen, weil das Bild so dunkel ist. Aber bei genauerem Hinsehen entdecken wir eine Gestalt mit einem Spaten in der Hand, die offenbar gerade was vergräbt.

Prompt wird die Baronin ganz kribbelig. »Wenn das kein Verbrecher ist, fresse ich meine Handtasche!«

»Wenn das Essen nicht bald kommt, fresse *ich* Ihre Handtasche.«

Doch nur eine Minute später stehen die Teller mit dem Fisch vor uns. Beim Futtern können wir unsere Blicke nicht von dem Foto reißen. Anscheinend ist es an einem Waldrand aufgenommen worden. Oder auf einer Lichtung. Ein winziger, heller Punkt ist auch auf dem Foto zu sehen.

»Verdächtig!«, murmelt die Baronin immer wieder. »Sehr verdächtig!«

Kaum haben wir unsere Riesenportionen verputzt, verlangt die Baronin auch schon die Rechnung.

»Nachtisch gibt's später!«, sagt die Baronin. »Erst wird gearbeitet!«

»Wie bitte? Ich hab Osterferien!«

»Detektive haben niemals Ferien!«, weist mich die

Baronin zurecht. »Wir machen uns jetzt sofort auf die Suche nach dem Wäldchen. Ein kleiner Verdauungsspaziergang würde uns sowieso ganz gut tun.«

Draußen auf dem Holzsteg pfeift uns wieder der Wind um die Ohren. Die Wolken sind nicht mehr grau, sondern fast schwarz. Der Sand, der mir ständig in die Augen weht, sorgt dafür, dass ich den Weg fast blind zurücklegen muss. Toll! Wie soll ich so denn bitte schön nach dem Wäldchen Ausschau halten? Ich erkenne kaum noch die Baronin, die vor mir hergeht.

Als sich ein paar Sandkörner in meine Nase verirren, niese ich drauflos und kann nicht mehr damit aufhören. Ich hole ein Taschentuch aus dem Anorak, doch als ich mir damit die Nase putzen will, reißt es mir der Sturm aus den Fingern.

»50 Euro!«, ertönt eine tiefe Stimme.

Unter Schmerzen öffne ich die Augen. Vor mir stehen zwei Polizisten. Einer ist groß und schlank. Der andere ist noch größer und noch schlanker.

»Nicht weinen, mein Junge!«, meint der kleinere der beiden Riesen. »50 Euro werden dich sicher nicht arm machen.«

»Ich weine nicht!«, protestiere ich, während ein ganzer Sturzbach an meinen Wangen herabläuft.

»Wofür soll er denn 50 Euro bezahlen?«, mischt sich die Baronin ein. »Ist das die Benutzungsgebühr für diesen Steg?«

»Nein, das ist die Strafe für das Taschentuch, das er weggeworfen hat«, erklärt der Größere. »Bei uns nennt man so etwas Verschmutzung eines Naturschutzgebietes.«

»Das ist der Sturm, Sie Witzbold!«, knurrt die Baronin. »Benedikt wirft keinen Müll in die Landschaft.«

»Witzbold?«, wiederholt der Beamte und schaut seinen kleineren Kollegen an. »Sag mal, Hein, habe ich da eben eine Beamtenbeleidigung gehört?«

»Unsinn!«, widerspricht der andere Polizist. »Du bist doch ganz witzig, Timo. Allerdings nur zweimal im Jahr«, fügt er schmunzelnd hinzu.

»Hm«, macht sein Kollege mit grimmiger Miene. Dass er der humorvollste Typ ist, der mir je über den Weg gelaufen ist, kann ich beim besten Willen nicht behaupten.

»Außerdem kann es tatsächlich sein, dass der Sturm schuld war«, fährt Hein fort. »Eben hat er mir sogar die Mütze vom Kopf gerissen.«

»Hm.«

»Haben Sie eigentlich nichts Besseres zu tun als

harmlose Urlauber zu belästigen?«, regt sich die Baronin auf. »Hier soll doch ein dreister Handtaschenräuber sein Unwesen treiben. Wie wär's, wenn Sie den schnappen würden?«

»Sie haben leicht reden!«, brummt Timo. »Was verstehen Sie denn von Polizeiarbeit, wenn ich mal fragen darf?«

Die Baronin schenkt ihm ein mitleidiges Lächeln. »Jedenfalls mehr als Sie und Ihr Kollege zusammen. Guten Tag, die Herren!«

Sie packt mich am Arm und schleift mich weiter den Holzweg entlang.

»Denen werden wir's zeigen, mein Junge!«, zischt sie wütend. »Wir schnappen nicht nur den Handtaschenräuber, sondern auch den Ganoven mit der Schaufel.«

»Und wenn der sich als ein ganz harmloser Typ entpuppt, der nur nach Regenwürmern gegraben hat?«

»Tja, dann waren wir auf dem Holzweg.«

Ich werfe einen Blick auf den Steg unter meinen Füßen.

»Zu spät!«, murre ich. »Das sind wir schon.«

Kapitel 4

Am nächsten Morgen brechen die Baronin und ich gleich nach dem Frühstück auf. Wir wollen uns noch einmal auf die Suche nach dem Ort machen, an dem das Foto geschossen wurde. Gestern jagte uns strömender Regen zurück in unsere Ferienwohnung, nachdem wir den Holzsteg überquert hatten.

Als wir das Haus verlassen, ertönt lautes Glockengeläut. Ich erkundige mich bei der Baronin nach dem Grund dafür.

»Heute ist Sonntag«, erwidert sie.

»Echt?«

Kein Wunder, dass ich so müde bin! Normalerweise verbringe ich Sonntage mit Schlafen, Schlafen oder Schlafen. Zum Glück sind die düsteren Wolken von gestern verschwunden. Der Himmel ist strahlend blau, aber der Wind weht so heftig, dass er glatt einen Elefanten umhauen könnte.

Die Baronin ist ganz begeistert von der herrlichen Luft.

»Lass uns erst einen kleinen Abstecher zum Strand machen«, schlägt sie vor. »Das Foto kann warten.«

Widerwillig stimme ich zu.

Auf der Promenade ist heute eindeutig mehr los als gestern. Es wimmelt nur so von Menschen! Und auf dem Holzsteg sind dermaßen viele unterwegs, dass wir nur ganz langsam vorwärts kommen. Die Baronin wispert mir zu, woher die Leute stammen, die schnatternd an uns vorbeigehen. Es gibt keinen Dialekt in Deutschland, den sie nicht kennt. Und keinen, den sie nicht hasst.

Um mich gegen den umherwirbelnden Sand zu schützen, setze ich meine Sonnenbrille auf.

»Du siehst aus wie James Bond«, spottet die Baronin.

»Mein Name ist Bachmann«, erkläre ich mit megacooler Stimme. »Benedikt Bachmann!«

Anscheinend herrscht gerade Ebbe. Das Meer ist so weit entfernt, dass ich es kaum erkennen kann. Wo wollen die Leute bloß alle hin? An diesem endlosen Strand spazieren gehen? Irgendwie ärgere ich mich darüber, dass ich nicht zu Hause in Hamburg geblieben bin. Dort könnte ich jetzt gemütlich im Bett liegen und den Sonntag verschlafen. Oder mit meiner Schildkröte Emily spielen. Oder mit Murat vor dem Computer hocken. Wahrscheinlich hätte ich sogar im Krankenzimmer meiner Oma mehr Spaß als in dieser Sandwüste.

Am Ende des Stegs zieht die Baronin ihre Schuhe und Strümpfe aus, krempelt die Hose hoch und springt mit bloßen Füßen in den Sand.

»Was für ein wundervolles Gefühl!«, schwärmt sie. »Das solltest du dir nicht entgehen lassen, mein Junge!«

»Danke, mir reicht der Sand in meinen Haaren und Ohren!«

Wir spazieren auf das Meer zu. Von Gedränge ist jetzt natürlich keine Rede mehr. Hier ist locker Platz genug für alle Hamburger. Und noch dazu für mindestens drei Millionen Cheeseburger.

Plötzlich bleibt die Baronin stehen.

»Die Hexe!«, ruft sie verwundert aus und zeigt in Richtung Meer.

Mein Blick folgt ihrem Zeigefinger. Etwa fünfzig Meter vor uns steht die Handleserin aus dem Zug. Sie trägt ein langes, knallbuntes Kleid, hat den Kopf in den Nacken gelegt und streckt soeben ihre gefalteten

Hände in die Luft. Ihre schwarze Mähne flattert wild im Wind.

»Wusste ich's doch!«, brummt die Baronin. »Diese Frau ist nicht ganz dicht!«

Genau in diesem Moment erscheint eine pechschwarze Wolke am Himmel. Sie scheint genau über der Hexe zu schweben. Wo kommt die so plötzlich her? Und wieso rührt sich die Wolke nicht von der Stelle, obwohl der Sturm so heftig ist?

Die Baronin und ich wechseln einen befremdeten Blick.

»Sollen wir lieber umkehren?«, frage ich sie.

»Wegen einer Wolke?«

Ihr ist deutlich anzumerken, dass ihr die Wolke mindestens genauso unheimlich ist wie mir. Sie knetet nervös ihr rechtes Ohrläppchen, während sie ihren linken Fuß gedankenverloren in den Sand bohrt.

Schließlich dreht sie sich um und schaut in Richtung Promenade. »Sieht das weit weg aus!«, stöhnt sie. »Na schön, du hast Recht, Benedikt! Kehren wir um. Zum Meer können wir auch morgen gehen! Und übermorgen.«

Auf dem Rückweg verliert keiner von uns ein Wort über die Hexe. Richtig mulmig war mir zumute beim

Anblick der geheimnisvollen Wolke. Ein eiskalter Schauer ist mir dabei über den Rücken gelaufen.

Irgendwie erinnert mich die Frau an eine Nachbarin der Baronin, die wir mal wegen eines Falls befragt haben. Was hatte sie damals gesagt? Etwas in der Art wie »Es gibt gegen alles ein Mittel!« und »Wir sehen uns irgendwann wieder ...« Ob die Frau am Strand eine Schwester von ihr ist?

Als wir die Promenade erreicht haben, steuert die Baronin auf den nächsten Kiosk zu, wo sie sich Halsbonbons kaufen möchte.

»Ich spüre ein Kratzen in meiner Kehle«, sagt sie und räuspert sich ausgiebig. »Hoffentlich ist keine Erkältung im Anmarsch.«

»Ach was!«, wiegle ich ab. »Das ist nur der Sand!«

Vor dem Kiosk herrscht mächtig Gedränge. Es sind vor allem Kinder, die Süßigkeiten wollen. Den meisten von ihnen würde ich lieber raten, mal eine Fastenkur zu machen.

Als die Baronin endlich drankommt, hält sie den ganzen Verkehr auf. Weil sie sich nicht für eine Sorte Hustenbonbons entscheiden kann, legt der Mann hinter der Theke, dessen Gesicht mit Narben übersät ist, zehn Tüten vor sie hin.

»Na, welche möchten Sie haben?«, fragt er die Baronin in mürrischem Ton.

Ohne sich aus der Ruhe bringen zu lassen, nimmt die Baronin eine Tüte nach der anderen genauestens unter die Lupe. Gelangweilt schaue ich mich um. So einen Wahnsinnsbetrieb wie hier auf dem Deich gibt es in Hamburg nur ganz früh morgens und am späten Nachmittag. Man merkt den Leuten an, dass sie viel Zeit haben. Die meisten schlurfen fast in Zeitlupe durch die Gegend.

Auf einmal bleibt mein Blick an einem Mädchen hängen und kann sich einfach nicht mehr von ihm losreißen. Es steht etwa zehn Meter von mir entfernt auf der Promenade. Während es zu mir herüberstarrt, knabbert es nervös auf der Unterlippe herum.

Wieder habe ich die rauchige Stimme der Hexe im Ohr und auf meinem Rücken macht sich Gänsehaut breit. Ich reibe meine Augen, um ganz sicherzugehen:

Das Mädchen hat lange, rote Locken und Sommersprossen. Die Farbe ihrer Augen ist nicht genau zu erkennen, aber ich könnte wetten, dass sie grün sind.

»Meine Handtasche!«

Ich zucke erschrocken zusammen. Die Stimme der

Baronin hat sich überschlagen, so laut hat sie geschrien.

»Meine Handtasche ist weg!«, jammert sie. »Dabei hat sie eben noch neben mir auf der Theke gestanden. Hast du den Räuber nicht gesehen?«

Ich schüttle den Kopf.

»Und ihr?«, fragt sie die Kinder in der Schlange.

Acht Köpfe werden geschüttelt.

»Wo hast du denn deine Augen gehabt, Benedikt?«, schimpft die Baronin.

Bei dem rothaarigen Mädchen, dem ich zu gerne noch einen Blick zuwerfen möchte. Doch als ich kurz den Kopf in ihre Richtung drehe, ist nichts mehr von ihr zu sehen.

»Wir müssen sofort zur Polizei!« Die Baronin wendet sich an den Mann hinter der Theke. »Wo ist denn die Wache?«

Der Mann winkt ab. »Polizei? Die können sie vergessen. Unsere Superdetektive sitzen lieber an ihren Schreibtischen, kratzen sich am Hintern und bohren in den Nasen, statt diesem Handtaschenräuber auf die Spur zu kommen. Sie sind mittlerweile die sechste Dame, der die Handtasche geklaut wurde. Wetten, dass der Räuber niemals eingebuchtet wird?«

»Irrtum!«, widerspricht die Baronin energisch. »Den Mistkerl schnappen wir uns!«

Nur wenige Minuten später betreten wir die Polizeiwache. Eine Polizistin, die gerade die Treppe herunterkommt, schickt uns auf Zimmer zwei.

Dort begrüßt uns ein alter Bekannter: Der Größere der beiden großen Polizisten, die bei mir fünfzig Euro für ein entflogenes Taschentuch kassieren wollten. Er mampft gerade ein Käsebrötchen und wirft uns einen leicht genervten Blick zu.

»Ich bin hier, um einen Raub zu melden«, beginnt die Baronin. »Mir ist vor etwa einer Viertelstunde die Handtasche gestohlen worden. Würden Sie bitte das Protokoll aufsetzen?«

In aller Ruhe schiebt sich der Polizist, der von seinem etwas kleineren Kollegen Timo genannt wurde, den Rest des Brötchens zwischen die Kiemen.

»Das Protokoll nehme ich natürlich auf«, sagt er kauend. »Aber ansonsten kann ich leider nicht viel für Sie tun.«

»Was soll das heißen?« Diesen bedrohlichen Unterton kenne ich. Allerdings nicht nur von der Baronin, sondern auch von Hunden – kurz bevor sie zubeißen.

»Dass der Räuber garantiert schon über alle Berge

ist. Ich glaube nicht daran, dass alle Handtaschen vom selben Täter gestohlen wurden«, verkündet der Polizist und wirft seinen Computer an. »Bei uns in St. Peter gibt es keine Ganoven. Das sind alles Typen, die nur einmal zuschlagen und sich dann nie wieder hier blicken lassen.«

»Aha, das *glauben* Sie also von dem Täter«, sagt die Baronin in ironischem Ton. »Und was *wissen* Sie von ihm? Wahrscheinlich gar nichts, habe ich Recht?«

Der Polizist brummt etwas Unverständliches und tippt mit zwei Fingern auf der Tastatur herum.

»Das ist ja ein irres Tempo!«, witzelt die Baronin. »Bei Ihren Ermittlungen sind Sie bestimmt auch so wahnsinnig schnell!«

»Jetzt werden Sie bloß nicht frech!«, regt sich der Polizist auf. »Seien Sie lieber froh, dass Ihnen nichts passiert ist! Nicht alle Frauen sind so glimpflich davongekommen wie Sie. Die arme Frau Düsberg wurde so schwer verletzt, dass sie erst vor ein paar Tagen aus dem Krankenhaus gekommen ist.«

»Und die anderen vier Frauen?«, erkundigt sich die Baronin.

»Denen ist es so ähnlich ergangen wie Ihnen. Der Täter hat ihnen die Tasche geklaut ohne sie dabei anzugreifen. Es waren übrigens alles Urlauberinnen. Außer Frau Düsberg. Sie arbeitet als Kellnerin im Eiscafé schräg gegenüber.« Er schlägt mit der rechten Faust so fest auf den Tisch, dass der Bildschirm wackelt. »Wenn ich den Fiesling erwische, der ihr so schwer zugesetzt hat, mache ich Hackfleisch aus ihm, das schwöre ich Ihnen!«

»Sie sollen die Verbrecher nur verhaften, aber nicht bestrafen«, gibt die Baronin zu bedenken.

»Wie ich meine Arbeit zu erledigen habe, müssen Sie schon mir überlassen.« Er schaut auf die Uhr. »So, und jetzt wird das Protokoll aufgenommen. Ich habe bald Feierabend!«

»Feierabend!« Die Baronin schüttelt den Kopf. »Wenn alle Polizisten so eifrig hinter den Ganoven her wären wie Sie, würden wir in einem Verbrecherparadies leben! Also ich an Ihrer Stelle hätte den Burschen schon längst geschnappt.«

Der Polizist fährt herum und glotzt die Baronin mit grimmiger Miene an. »Was glauben Sie eigentlich, wer Sie sind? James Bond?«

»Nein, das ist der junge Mann mit der Sonnenbrille hier!« Die Baronin zeigt auf mich. »Er hat vermutlich schon mehr Verbrecher zur Strecke gebracht als Sie!«

»Kennen Sie noch so einen guten Witz?«, knurrt der Polizist.

»Ja: Sie!«

»Das ist nur der Schock«, sage ich schnell und lege der Baronin eine Hand auf den Arm. »Sie weiß nicht mehr, was sie sagt.«

Die Baronin sieht mich scharf an. »Was soll das denn?«, zischt sie mir wütend zu.

»Ich will nicht, dass der Kerl heute noch einen Verbrecher ins Gefängnis steckt.«

Sie sieht mich verwirrt an. »Und warum bitte nicht?«

»Weil Beamtenbeleidigung auch ein Verbrechen ist«, flüstere ich. »Wenn Sie sich nicht zusammennehmen, sind Sie der Verbrecher, der heute noch hinter Gittern landet.«

»Sie sollten auf den Jungen hören«, rät ihr der Polizist, der offenbar jedes Wort verstanden hat. »Scheint ein cleveres Kerlchen zu sein.«

Also, ich weiß nicht, was die Baronin hat. Für mich hat dieser Polizist den absoluten Durchblick!

Kapitel 5

»Sind wir jetzt pleite?«, frage ich die Baronin, als wir die Polizeiwache verlassen.

»Gott sei Dank nicht! Als erfahrene Kriminalistin sorge ich für solche Fälle immer vor und verteile mein Geld auf mehrere Stellen«, antwortet sie stolz und zieht aus ihrer Jackentasche eine kleine schwarze Börse hervor.

Den Nachmittag verbringen wir mit der Suche nach dem Ort, an dem das geheimnisvolle Foto geschossen wurde.

Wir durchstreifen ein paar kleine Wäldchen. Gegen halb vier entdecken wir tatsächlich eine Stelle, an der das Bild aufgenommen worden sein könnte. Doch um Viertel nach vier und um kurz vor fünf stoßen wir auf zwei weitere Stellen, die so ähnlich aussehen wie die auf dem Foto.

»Das ist doch sinnlos, Baronin!«, seufze ich. »Außerdem ist mir überhaupt nicht klar, was wir machen sollen, wenn wir die richtige Stelle gefunden haben. Etwa nach dem Zeug buddeln, das da vergraben wurde?«

»Na klar!«

»Und wenn dabei eine halb verweste Leiche zum Vorschein kommt?« Schon allein bei dem Gedanken daran bekomme ich eine Gänsehaut. »Oder sogar nur ein Kopf?«

»Umso besser!«, erwidert die Baronin. »Dann haben wir noch einen Fall mehr!«

Nach dem Abendessen hocke ich mich vor den Fernseher, während die Baronin noch zu einem kleinen Spaziergang auf der Promenade aufbricht. Ich sehe mir einen Krimi an, in dem ein dicker Detektiv einen kniffligen Mordfall löst.

In der Nacht träume ich genau von diesem Mord. Leider bin ich diesmal das Opfer. Als ich nach meinem Tod in den Himmel komme, erwartet mich dort ein Engel mit langen, roten Locken und Sommersprossen.

Als ich der Baronin am nächsten Morgen von dem Traum erzähle, meint sie: »Rote Locken? Normalerweise sind Engel blond. Das ist deine Bianca doch auch! Wie kommst du denn auf rot?«

»Erstens ist sie nicht *meine* Bianca!«, stelle ich klar. »Und zweitens habe ich wohl nur deshalb von diesem Engel geträumt, weil ich ihn gestern auf der Promenade gesehen habe.«

Die Baronin schaut mich erstaunt an. »Wirklich?«

Ich nicke. »Es war natürlich kein richtiger Engel, sondern nur ein Mädchen. Es hat mich angestarrt, als Ihre Handtasche geklaut wurde. Darum habe ich auch den Räuber nicht gesehen«, füge ich etwas leiser hinzu. »Sie hat mich irgendwie abgelenkt. Na ja, weil doch die Hexe auch etwas von einem Mädchen mit roten Locken gefaselt hat.«

»Mensch, Benedikt!« Die Baronin knallt förmlich ihre Teetasse auf den Untersetzer. »Wieso hast du mir nicht gleich was von dem Mädchen erzählt? Vielleicht hat sie den Räuber gesehen!«

»Glaub ich nicht«, antworte ich und werde genau so rot wie die Locken des Mädchens. »Der Engel hatte nur Augen für mich!«

Die Baronin schmunzelt. »Das werden wir noch herausfinden.«

Eine halbe Stunde später machen wir uns auf den Weg zur Promenade. Ich muss an Bianca denken. Ob sie eifersüchtig wäre, wenn sie wüsste, dass ich von dem rothaarigen Mädchen geträumt habe? Wahrscheinlich nicht. Ehrlich gesagt glaube ich, dass ich für Bianca nicht mal halb so wichtig bin wie einer ihrer Armreifen.

Als wir an der Promenade ankommen, marschiert die Baronin direkt auf den Kiosk zu. Der Mann mit den Narben erkennt sie sofort wieder.

»Na, wie war's bei der Polizei?«, fragt er grinsend.

»Ist die nicht hier bei Ihnen gewesen, um Ihre Zeugenaussage aufzunehmen?«, fragt die Baronin zurück.

Der Mann winkt ab. »Zeugenaussage! Wahrscheinlich wissen die nicht einmal, wie man das buchstabiert.« Er denkt kurz nach und gibt dann zu: »Na ja, ehrlich gesagt weiß ich das selbst nicht so genau. Schreibt man das jetzt mit einem scharfen S?«

»Nein«, antworte ich. »Das schreibt man mit zwei s. Und das war schon immer so!«

»Aha.« Der Mann zeigt auf die Regale und fragt die Baronin: »Möchten Sie sich jetzt Ihre Hustenbonbons aussuchen? Oder kann ich Ihnen mit etwas anderem dienen?«

»Ja«, sagt die Baronin. »Und zwar mit einem Engel. Er hat rote Locken und Sommersprossen. Gibt es so was hier im Ort?«

»Sie meinen sicher die kleine Rieke«, antwortet der Mann ohne zu zögern. »Sie wohnt auf dem Tüdderhof. Der liegt an der Straße nach Garding. Riekes Eltern haben einen Hofladen, in dem sie ihr Biogemüse verkaufen, aber leider läuft der Laden überhaupt nicht gut. Wenn das so weitergeht, müssen sie den Hof bald aufgeben. Haben Sie ein Auto?«

»Nein, aber vier gesunde Beine.«

»Zu Fuß ist es zu weit«, behauptet der Mann. »Sie sollten sich ein Fahrrad mieten. Da hinten ist ein Verleih. Was wollen Sie denn von Rieke?«

Aber die Baronin zieht es vor, diese Frage nicht zu beantworten. Wir verabschieden uns und marschieren wieder los.

Auf dem Weg zum Fahrradverleih wiederhole ich in Gedanken ständig diesen Namen. Rieke, Rieke, Rieke. Ist er nicht genauso schön wie das Mädchen, das ihn trägt?

Mir fällt wieder ein, was die geheimnisvolle Frau im Zug aus meiner Hand gelesen hat. Ist das Mädchen mit den roten Locken etwa meine Seelenverwandte? Und ist Rieke wirklich das Mädchen, das die Frau gemeint hat? Andererseits – wenn sie etwas von schwarzen Haaren gesagt hätte, hätte ich an Lydia gedacht. Bei blonden Haaren an Bianca und bei grauen Haaren an die Baronin. Die Frau konnte also eigentlich gar nicht falsch liegen.

»Guten Tag!«, sagt die Baronin, als wir den Verleih betreten. »Der junge Mann hier möchte ein Fahrrad mieten.«

»Moment mal!« Ich sehe die Baronin erstaunt an. »Und was ist mit Ihnen?«

»Radfahren ist nichts für mich, mein Junge! Und erst recht nicht für mein Kreuz. Du wirst doch wohl diesem Mädchen auch alleine ein paar Fragen stellen können, oder?«

»Ja«, antworte ich laut, während alles in mir NEIN! schreit. Manchen Mädchen gegenüber kriege ich doch kein Wort raus! Bei Mädchen wie Bianca zum Beispiel. Ich könnte wetten, dass Rieke auch so ein Mädchen ist.

Als ich ein paar Minuten später auf dem Sattel sitze, mustert mich die Baronin und fragt: »Was ist denn los mit dir? Du machst ein Gesicht, als würdest du zu deiner eigenen Beerdigung fahren.«

So ähnlich fühle ich mich auch.

»Viel Glück, mein Junge!« Die Baronin klopft mir auf die Schulter. »Hoffentlich ist diese Rieke überhaupt zu

Hause. Sonst legst du den ganzen Weg umsonst zurück!«

Hoffentlich ist sie *nicht* zu Hause, sonst muss ich was ganz Schreckliches tun: mit ihr reden!

Nachdem mir der Mann vom Fahrradverleih erklärt hat, wie ich zum Tüdderhof komme, radle ich los.

Erst fahre ich durch den Ort, dann komme ich auf eine Straße, die ich immer geradeaus fahren muss. Links und rechts von mir dehnen sich Felder aus. Das Land ist so flach wie eine Pfanne. Nirgends ist auch nur die kleinste Erhebung zu sehen. Die grauen Wolken scheinen so dicht über der Erde zu liegen, dass ich in sie hineingreifen könnte, wenn ich ein paar Meter größer wäre.

Natürlich weht mal wieder ein starker Wind. Obwohl ich kräftig in die Pedale trete, komme ich nur ganz langsam vorwärts. Als ich von einem grauhaarigen Mann auf einem verrosteten Hollandrad überholt werde, fangen die Schafe auf den Wiesen zu blöken an. Die Mistviecher haben gut lachen! Wie wär's, wenn sie sich selbst mal auf so einen Drahtesel setzen, um gegen den Sturm anzukämpfen?

Meine Beine werden immer schwerer. Von einem Schild mit der Aufschrift TÜDDERHOF ist weit und breit nichts zu sehen. Das Ende der Straße ist nicht mal zu erahnen. Inzwischen tun mir sämtliche Knochen weh. Und ich dachte immer, Detektive zerbrechen sich nur den Kopf und nicht den Hintern!

Nach einer halben Ewigkeit taucht endlich das ersehnte Schild vor mir auf. Ich biege links ein. Der Weg führt direkt auf den Tüdderhof zu, der aus einem nicht besonders großen Haupthaus mit Reetdach, drei kleineren Nebengebäuden und einer Scheune besteht.

Außer drei Hühnern und einer gähnenden Katze ist niemand zu sehen, als ich vom Rad steige. Meine Beine zittern wie verrückt. Vor Erschöpfung oder vor Aufregung?

Ich stelle das Rad ab und schaue mich um. Auf einem der Nebengebäude entdecke ich ein Schild, auf das jemand mit schnörkeligen Buchstaben das Wort HOFLADEN gemalt hat. Drei Mal atme ich ganz tief durch und gehe dann zögernd auf die mit roten Rosen bemalte Holztür zu.

Schwer zu sagen, wer erschrockener ist: das Mädchen hinter der Theke oder ich. Wir starren uns beide mit großen Augen an und sagen kein Wort. Sie hat einen Blumenkohl in der Hand und ich die Türklinke.

Hoffentlich findet sie bald die Sprache wieder. Ich werde garantiert nicht als Erster den Mund aufmachen.

»Was – was willst du denn hier?«, stammelt sie schließlich.

Dass sie anscheinend mindestens genauso nervös ist wie ich, gibt mir den Mut, mit ihr zu reden.

»Ich wollte dich was fragen«, erkläre ich, wobei ich die Tür schließe. Ich mache einen Schritt auf sie zu, doch ein giftiges Funkeln in Riekes grünen Augen sorgt dafür, dass ich wie angewurzelt stehen bleibe.

»Ich hasse neugierige Typen!«, faucht sie mich an.

»Und ich hasse Taschenräuber!«, fauche ich zurück und wundere mich selbst darüber, wie cool ich hier auftrete. »Hast du den Kerl gesehen, der die Handtasche geklaut hat?«

»Welche Handtasche?«, will sie wissen und fährt sich mit der linken Hand durch die Locken.

»Du hast mich doch angeglotzt, als ich mit der Baronin am Kiosk stand. Da musst du doch den Räuber gesehen haben, der die Handtasche der Baronin gestohlen hat. Die Baronin ist übrigens eine Bekannte von mir«, erkläre ich ihr. »Meine Eltern konnten nicht mit mir in die Osterferien fahren, weil meine Oma –«

»Quatsch nicht so viel!«, unterbricht mich Rieke mit schroffer Stimme. »Erstens glotze ich keine Jungs an. Und zweitens hab ich überhaupt nichts gesehen, weil ich gar nicht auf der Promenade war, kapiert?«

Ich muss grinsen. »Woher weißt du denn, dass ich den Kiosk auf der Promenade meinte? Es hätte ja auch ein ganz anderer Kiosk sein können. In St. Peter gibt es mindestens drei Stück.«

Rieke presst die Lippen aufeinander.

»Hältst du mich für blöd?«, frage ich sie. »Ich hab dich gestern gesehen, und zwar genau in dem Augenblick, als der Taschenräuber zugeschlagen hat.«

»Vielleicht hast du mich verwechselt«, meint Rieke.

»Unmöglich! So schöne rote Locken wie deine gibt's doch nicht wie Sand am Meer!«

Ach du Schande! Was ist mir denn da für ein Spruch rausgerutscht? Am liebsten würde ich mir die Zunge abbeißen und sie den Hühnern draußen zum Fraß vorwerfen.

Rieke hat sich nach meinen letzten Worten zum Regal umgedreht und lässt nun den Blumenkohl in einen Kasten fallen. Jetzt macht sie sich an den Karotten zu schaffen.

Ich überlege fieberhaft, was ich sagen soll. Vor lauter Angst, wieder so einen peinlichen Schwachsinn wie eben zu verzapfen, würde ich zu gerne aus dem Laden verschwinden und auf mein Rad steigen. Aber dann würde sich die Baronin darüber aufregen, dass ich unsere einzige Zeugin nicht richtig befragt habe. Darum sollte ich mich nicht so leicht abwimmeln lassen.

Doch ehe ich mich zu einem weiteren Satz aufraffen kann, geht die Tür auf und zwei Jungs zwischen sechzehn und achtzehn kommen mit lässigen Bewegungen in den Laden. Einer ist nur etwas größer als ich und hat auch so rote Haare wie Rieke. Der andere überragt mich um einen ganzen Kopf. Er ist strohblond und ziemlich dick.

»Hast du gerade Kundschaft?«, erkundigt sich der Rothaarige, worauf sich das Mädchen umdreht und antwortet: »Nein, Martin. Er wollte mich nur was fragen. Aber ich wollte nicht antworten.« Sie schaut auf die Uhr. »Du hast jetzt Ladendienst. Ich muss Klavier üben.«

Mit schnellen Schritten stapft sie aus dem Laden. Ich will ihr folgen, aber der Blonde packt mich am Arm und durchbohrt mich mit einem finsteren Blick.

»Lass Martins Schwester in Ruhe!«, warnt er mich.

»Dann ersparst du dir eine Menge Ärger.«

»Aha.«

»Aha!«, äfft mich der Spinner nach. »Mehr fällt dir nicht dazu ein?«

»Hör auf mit dem Quatsch, Nils!«, mischt sich Martin ein. »Rieke braucht deine Hilfe nicht. Mit solchen Weicheiern wird sie schon alleine fertig.«

Der Blonde lässt mich los. Erhobenen Hauptes verlasse ich den Laden. Dass ich dabei Pudding in den Knien habe, lasse ich mir nicht anmerken.

Draußen zögere ich keine Sekunde und steige sofort auf das Fahrrad. Das Allerletzte, worauf ich Lust habe, ist eine Schlägerei mit dem blonden Fettklops. Wenn der mich in die Mangel nimmt, bleibt garantiert nicht mehr viel von mir übrig.

Trotz des heftigen Sturms düse ich im Affenzahn vom Hof. Doch als ich am Ende des Weges in die Straße einbiegen will, muss ich eine Vollbremsung hinlegen. Rieke ist nämlich aus dem Gebüsch gesprungen.

»Was soll der Blödsinn?«, rufe ich ihr wütend zu. »Um ein Haar hätte ich dich überfahren!«

Sie steht mit verschränkten Armen vor dem Rad und sieht mich an. Der Zorn, der eben im Laden noch in ihren Augen gelodert hat, ist verschwunden. Ihr Blick ist jetzt vollkommen leer.

Verlegen knete ich meine Finger. Ich weiß nicht, was ich sagen soll. Soll ich Rieke einfach fragen, warum sie selbst stumm wie ein Fisch ist?

»Du musst damit aufhören«, murmelt sie plötzlich.

»Womit? Mit dem Radfahren?«

»Nein, mit der Fragerei.«

»Wieso?«, will ich wissen.

»O Gott!«, stöhnt sie. »Das war ja schon wieder eine Frage! Kannst du nicht einfach Schluss damit machen?«

»Wieso?«, wiederhole ich ungeduldig.

»Weil – weil ich dir wahnsinnig dankbar dafür wäre.«

»Dankbar?« Ich zucke die Schultern. »Verstehe ich nicht!«

»Hm.« Sie senkt den Kopf und verfällt in Schweigen, und das eine halbe Ewigkeit lang. Schließlich schaut sie mich wieder an. »Und wie wär's damit?«, fragt sie leise. »Verstehst du das hier?«

»Was –«

Sie kommt auf mich zu und drückt mir einen Kuss auf die rechte Backe. Ehe ich sie fragen kann, was das zu bedeuten hat, dreht sie mir den Rücken zu und flitzt zurück zum Hof. Ich höre, wie eine Tür zuknallt. Dann höre ich gar nichts mehr, weder die Autos, die die Straße entlangbrausen, noch das Blöken der Schafe. Ich sehe auch nichts mehr – außer Riekes Gesicht, das sich meinem nähert um mich zu küssen.

Gedankenverloren streiche ich mir über die rechte Backe. Wie die wohl in einem halben Jahr aussieht? Mindestens so lange werde ich mich nämlich nicht mehr waschen ...

Kapitel 6

Seltsam, dass ich auf dem Rückweg keinen Krampf bekomme! Nein, nicht in den Beinen, sondern im Gesicht. Ich grinse nämlich die ganze Zeit vor mich hin, weil ich ständig an Rieke denken muss.

Sie hat mich geküsst!

Bedeutet das etwa, dass sie mich liebt? Auf jeden Fall bedeutet es nicht, dass sie mich hasst. Falls sie mich liebt, dann war es Liebe auf den ersten Blick. Sie muss sich gestern auf der Promenade Hals über Kopf in mich verknallt haben. Und ich mich in sie.

Jawohl, ich bin verknallt!

Tut mir Leid, Bianca, aber ein anderes Mädchen hat dich aus meinem Herzen vertrieben. Selbst schuld! Du hättest mich ja auch mal küssen können. Aber nein, auf die Idee bist du noch nie gekommen. Tja, und jetzt ist es zu spät dafür.

Als die ersten Häuser von St. Peter-Ording in Sicht

kommen, muss ich an die Baronin denken. Was soll ich ihr bloß von meinen Besuch auf dem Tüdderhof erzählen? Rieke hat mich gebeten, keine Fragen mehr zu stellen. Kann ich ihr diese Bitte abschlagen? Wenn ich ihr noch einmal mit meiner Neugierde auf die Pelle rücke, war das bestimmt der erste und letzte Kuss, den ich von ihr bekommen habe.

Kurz darauf biege ich in die Promenade ein. Beim Näherkommen erkenne ich die Baronin. Sie sitzt am Fenster des Cafés, das genau gegenüber vom Fahrradverleih liegt. Kaum bin ich vom Sattel gestiegen, erscheint sie auch schon auf der Bildfläche.

Nachdem sie die Leihgebühr für das Fahrrad bezahlt hat und wir den Laden verlassen haben, fragt sie: »Und? Was hast du erfahren?«

»Nichts.«

»Wie bitte?«

»Ich habe den Tüdderhof nicht gefunden«, schwindle ich. »Der Typ vom Verleih muss mir den Weg falsch erklärt haben.«

»Dann fahren wir eben mit dem Taxi hin.«

»Nein!«, schreie ich so laut, dass die Baronin plötzlich stehen bleibt und eine Hand auf meine Schulter legt.

»Was ist denn los, mein Junge? Warum hast du mir noch kein einziges Mal in die Augen gesehen, seit du von deiner Radtour zurückgekommen bist? Weil du mich anlügst?«

»Nein!«, schreie ich noch lauter.

Die Baronin lässt mich los und stößt einen tiefen Seufzer aus. »Na toll: Mein Detektivkollege ist ein Schwindler! Damit ist unsere Zusammenarbeit ja wohl gestorben.«

Meint die Baronin das etwa im Ernst? Zögernd hebe ich den Blick von meinen Schuhen und sehe sie an. Ich spüre, wie mir das Blut in die Wangen schießt. Trotzdem halte ich dem Blick der Baronin stand.

»Warum sagst du mir nicht die Wahrheit, Benedikt?«

Ihre Stimme klingt richtig traurig. In meinem Hals wächst ein mächtiger Kloß.

»Ist irgendwas Schlimmes passiert?«, will sie wissen.

»Allerdings!«

»Was denn?«

»Ein Kuss«, murmle ich.

Die Baronin runzelt die Stirn. »Ich verstehe kein Wort.«

»Ich eigentlich auch nicht«, gebe ich zu.

Und dann erzähle ich der Baronin, wie mein Kurzbesuch auf dem Tüdderhof abgelaufen ist. Sie hört schweigend zu. Ich lasse nichts aus, weder die Warnung des blonden Jungen noch die schönste Stelle der ganzen Erzählung – den Kuss.

Als ich fertig bin, streicht mir die Baronin über den Kopf.

»Armer Kerl!«

»Wieso?«, frage ich.

»Glaub mir, dieser Kuss war nichts anderes als ein Bestechungsversuch. Rieke möchte nicht, dass du weiter rumschnüffelst, weil sie mit dem Handtaschenräuber unter einer Decke steckt.«

»Blödsinn!«, widerspreche ich, obwohl mir dieser Gedanke natürlich auch schon auf der Rückfahrt vom Tüdderhof gekommen ist. Dass er wahr sein könnte, will ich einfach nicht glauben, basta!

Fünf Minuten später sitzen wir im Taxi. Die Baronin wäre mir nicht böse gewesen, wenn ich nicht mitgefahren wäre. Eigentlich wollte ich auch lieber in St. Peter bleiben. Erst im allerletzten Moment, als das Taxi schon ohne mich losfahren wollte, habe ich mich doch dazu entschlossen, die Baronin zu begleiten.

»Die Sache stinkt zum Himmel, mein Junge! Wahrscheinlich haben diese Rieke, ihr Bruder Martin und der blonde Nils eine Räuberbande gegründet, der wir auf die Spur gekommen sind.«

»Möglich!«, brumme ich.

»Wir werden jetzt niemanden ausfragen, sondern uns nur ein wenig umschauen.«

Wenig später biegt das Taxi in den Weg zum Tüdderhof ein. Vor dem Haupthaus bleibt es stehen. Beim Bezahlen vereinbart die Baronin mit dem Fahrer, dass er uns in einer Stunde hier abholt.

Wir steigen aus und schauen uns um. Alles sieht aus wie vorhin, als ich den Hof verlassen habe. Die einzige Ausnahme bildet ein blitzblank poliertes, giftgrünes Moped, das neben der Tür zum Hofladen steht. Ob es einem Kunden gehört, der gerade Gemüse einkauft?

Wir nähern uns dem Laden, als plötzlich die Tür des Haupthauses geöffnet wird und ein dicker Mann mit Halbglatze herauskommt. Da die wenigen Haare auf seinem Kopf eindeutig rot sind, vermute ich, dass er Riekes und Martins Vater ist. Er trägt einen schmuddeligen Kittel, der mal blau gewesen sein muss, und völlig verdreckte Gummistiefel.

»Guten Tag!«, begrüßt er uns freundlich. »Möchten Sie was in unserem Laden kaufen?«

»Nein, wir möchten gern den ganzen Hof kaufen!«, erklärt die Baronin, worauf der Mann und ich gleichzeitig vor Staunen die Augen aufreißen.

»Den – den ganzen Hof?« Der Mann fängt an zu lachen. »Das ist doch wohl ein Scherz, gute Frau!«

»Mitnichten, guter Mann!«, versichert ihm die Baronin von oben herab. »Mein Name ist Baronin von Stöver. Und das ist mein Enkel Benedikt.«

In diesem Augenblick kommt Rieke aus dem Laden. Bei meinem Anblick bleibt sie kurz stehen und mustert mich halb überrascht und halb genervt. Nein, so würde mich kein Mädchen anschauen, das über beide Ohren in mich verknallt ist!

Meinem Herzen werden mit einem Mal die Flügel gestutzt. Die Baronin hatte Recht: Der Kuss war ein Vorschuss dafür, dass ich keine Fragen mehr stelle. Trotzdem – ich würde ihn ihr liebend gern zurückgeben.

»Was sind das für Leute, Papa?«, fragt Rieke ihren Vater. »Was wollen die hier?«

»Unseren Hof kaufen, wenn ich die Dame richtig verstanden habe.«

»Hä?«, macht Rieke und wirft mir einen flammenden Blick zu. »Das ist garantiert gelogen!«

»Nicht so vorlaut, junges Fräulein!«, weist die Baronin sie mit strenger Miene zurecht. »Wir haben gehört, dass dieser Hof nicht mehr genügend abwirft um ihn zu unterhalten und deshalb eventuell zum Verkauf ansteht. Ich würde ihn gerne abreißen und hier ein Hotel bauen. Wie ist überhaupt Ihr Name?«

»Beerens«, stellt sich der Bauer vor. »Und das ist meine Tochter Rieke. Was den Hof betrifft, steckt er wirklich in einigen Schwierigkeiten«, gibt er zu. »Aber an einen Verkauf haben wir bis jetzt noch nicht ernsthaft gedacht.«

»Wenn es jemals dazu kommen sollte, würde ich Ihnen ein Angebot machen, das Sie garantiert nicht ablehnen könnten«, versichert ihm die Baronin. »Dürfen wir uns denn mal hier umsehen? Vielleicht ist ja doch noch alles so gut in Schuss, dass statt einem Abriss ein Umbau genügen würde.«

»Bitte sehr, sehen Sie sich ruhig alles an«, sagt Herr Beerens. »Rieke wird Sie herumführen. Ich muss hinaus aufs Feld. Auf Wiedersehen!«

Er verabschiedet sich höflich von der Baronin und mir und stapft in die Scheune um den Traktor anzuwerfen.

»Ein sehr netter Mann«, sagt die Baronin zu Rieke. »Wo ist denn deine Mutter?«

»Sie arbeitet in einem Hotel als Küchenhilfe«, antwortet das Mädchen in mürrischem Ton. »Los, kommen Sie mit!«

Wir folgen ihr ins Haus. Es ist eng und niedrig und ziemlich dunkel hier drin, aber auch sehr gemütlich. Besonders beeindruckend finde ich die uralten Holzschränke, die hier wohl schon seit Jahrhunderten herumstehen.

Schweigend führt uns Rieke von einem Zimmer ins andere. Die Baronin stellt ihr ab und zu eine Frage, aber das Mädchen reagiert einfach nicht darauf. Dass es dasselbe Mädchen ist, das mich vor nicht mal einer Stunde geküsst hat, kann ich immer weniger glauben.

Schließlich führt uns Rieke hinauf in den ersten Stock. Aus einem der Zimmer sind Stimmen zu hören. Schnurstracks eilt die Baronin auf die entsprechende Tür zu und reißt sie auf.

»Einen wunderschönen guten Tag, die Herrschaften!«, begrüßt sie Martin und Nils, die zu Salzsäulen erstarrt mitten im Zimmer stehen und die Baronin wie eine Erscheinung von einem anderen Stern anglotzen.

»Stör ich gerade?«, erkundigt sich die Baronin.

Martin will darauf antworten, doch plötzlich entdeckt er mich und zischt: »Du schon wieder!«

Jetzt hat mich auch Nils erspäht. Er stemmt die Arme in die Hüften, bleckt die Zähne und stiert mich drohend an. Wenn er 160 Zentimeter kleiner und 80 Kilo leichter wäre, würde er mich an einen Pitbull erinnern.

»Ist das dein Bruder?«, will die Baronin von Rieke wissen und zeigt auf Martin.

Rieke nickt. »Die alte Frau will den Hof kaufen, wenn wir pleite sind«, verrät sie Martin.

Alte Frau! Normalerweise explodiert die Baronin sofort, wenn jemand sie so nennt. Doch diesmal bleibt sie erstaunlich gelassen. Ohne auf Riekes Bemerkung einzugehen, schaut sie sich neugierig im Zimmer um.

»Aha, ein nagelneues Handy!«, stellt sie nach einem Blick auf den Schreibtisch fest. »Das war bestimmt sehr teuer.«

»Hat mir mein Onkel geschenkt«, behauptet Nils.

»Wer bist du eigentlich?«, fragt die Baronin.

»Das ist ein Freund von mir«, sagt Martin. »Und wer ist dieses Weichei da?«

»Mein Enkel Benedikt«, erwidert die Baronin. »Und

wenn du ihn noch einmal Weichei nennst, dann legt er dich flach, mein Lieber. Er war nämlich schon drei Mal Hamburger Stadtmeister im Judo.«

Schön wär's ... Tatsächlich liege ich leider beim Judo meistens selber flach, weil mir mein Freund Murat gnadenlos überlegen ist. Gegen den kräftigen Nils hätte ich absolut keine Chance! Und gegen Martin auch nicht.

Wahrscheinlich könnte ich nicht mal Rieke besiegen. Ein einziger Kuss von ihr würde genügen, mich außer Gefecht zu setzen. Hm, eigentlich hätte das vorhin schon beinahe geklappt. Nils hat gar nicht so Unrecht: Ich bin wirklich ein Weichei!

»Haben Sie jetzt genug von Martins Bude gesehen?«, meldet sich Nils zu Wort. »Wir müssen was Wichtiges besprechen.«

»Wer das nächste Opfer sein wird?«, fragt die Baronin mit hochgezogenen Augenbrauen.

Eisiges Schweigen breitet sich im Zimmer aus. Nils sieht Martin an, dessen Blick anschließend zu seiner Schwester wandert.

»Ja, wir haben mehr als genug gesehen!«, erklärt die Baronin. »Entschuldigt die Störung! Falls uns einer der Anwesenden noch irgendwas zu sagen hat: Wir wohnen im höchsten Haus von St. Peter-Ording. Auf Wiedersehen!«

Wir verschwinden aus dem Zimmer, gehen die Treppe hinunter und verlassen das Haus. Weder Rieke noch einer der Jungs begleitet uns hinaus.

Nach einem Blick auf die Uhr entscheidet die Baronin, dass wir dem Taxi entgegengehen. Die Stunde ist nämlich noch nicht um.

»Und?«, fängt die Baronin nach wenigen Metern an. »Bist du immer noch der Meinung, dass dein roter Engel nichts mit den Handtaschenräubern zu tun hat?«

»Ja!«

Die Baronin sieht mich verdattert an. »Na hör mal! Ist dir denn nicht aufgefallen, was für Gesichter sie gemacht haben, als ich das mit dem nächsten Opfer erwähnte? Das war ja fast so was wie ein Geständnis!«

»Rieke hat nichts damit zu tun, das schwöre ich Ihnen!«

»Und was macht dich so sicher?«

Der Kuss. Aber das kann ich der Baronin nicht erklären. Ich verstehe es ja selbst kaum. Trotzdem habe ich den Eindruck, dass Rieke gegen ihren Willen in die Sache verwickelt worden ist.

Die nächsten hundert Meter legen wir wortlos

zurück. Die grauen Wolken sind inzwischen verschwunden. Über uns wölbt sich blauer Himmel. Der Sonnenschein bringt uns zum Schwitzen, aber noch heißer brennt Riekes Kuss auf meiner rechten Backe.

»Was sollen wir jetzt machen?«, fragt die Baronin. »Am liebsten würde ich Martin oder Nils beschatten, aber das wäre hier viel zu auffällig. Schließlich wuseln hier nicht so viele Menschen herum wie in Hamburg.«

Hinter uns knattert ein Motor. Ich drehe mich um. Ein grünes Moped kommt näher. Nanu, wieso fährt es auf dem Fuß- und Radweg statt auf der Straße?

Der Fahrer trägt einen schwarzen Helm, eine Sonnenbrille und einen schwarzen Anorak. Die Baronin und ich machen Platz. Doch was passiert? Das Moped rast direkt auf mich zu! In letzter Sekunde rette ich mich durch einen Sprung ins Gebüsch. Das Moped rast weiter.

»Mein Gott!«, ruft die Baronin geschockt aus und kniet sich neben mich. »Das hätte ins Auge gehen können!«

»Und in die Knochen!«, ächze ich und lasse mir von der Baronin auf die Beine helfen. »Haben Sie das Moped erkannt?«

Sie nickt. »Eben stand es noch vor dem Hofladen.«

»Aber wer war der Typ, der es gelenkt hat?«

»Das finden wir bald raus, das verspreche ich dir!«, Die Baronin macht ein entschlossenes Gesicht. »Jetzt geht es nicht mehr nur um Raub, sondern auch um einen Mordversuch!«

Kapitel 7

»Mordversuch?«

Der riesige Polizist, der auf der Fensterbank sitzt, hält sich den Bauch vor Lachen. »Das war bestimmt nur ein betrunkener Jugendlicher, der sein Moped nicht richtig unter Kontrolle hatte! Warum hätte der Kerl denn Ihren Urenkel umbringen sollen?«

»Urenkel?«, kreischt die Baronin fast. »Was glauben Sie eigentlich, wie alt ich bin? 113?«

Der Polizist zuckt die Schultern. »Ab einem gewissen Alter ist so was sehr schwer zu schätzen. Und jetzt lassen Sie mich bitte in Ruhe! Ich muss meine Arbeit erledigen. Sonst werde ich den Handtaschenräuber niemals schnappen.«

»Genau deshalb sind wir doch hier!«, sagt die Baronin. »Aber anscheinend wollen Sie unsere Hilfe gar nicht annehmen.«

»Welche Hilfe? Ich dachte, Sie sind hier um diesen

Mopedfahrer anzuzeigen oder habe ich da irgendetwas nicht richtig mitgekriegt?«

Die Baronin verdreht die Augen. »Was meinen Sie, warum das Moped auf Benedikt zugerast ist?«

»Keine Ahnung!«

»Weil wir der Räuberbande auf der Spur sind.«

»Herzlichen Glückwunsch!«, knurrt der Polizist. »Und wenn die Bande nicht gestorben ist, dann rauben sie noch weiter.«

Jetzt ist die Baronin auf hundertachtzig! »Warum nehmen Sie uns nicht ernst, verdammt noch mal?«

»Raten Sie mal!«, giftet der Polizist zurück. »Da schneit eine Oma mit einem Kind hier rein und will mir erzählen, wie ich meinen Job zu machen habe. Mir reicht's jetzt!«, schnaubt er wütend. »Würden Sie bitte endlich aus meinem Büro verschwinden? Vielen Dank!«

»Das wird Ihnen noch Leid tun!«, versichert ihm die Baronin und stürmt so schnell hinaus, dass ich ihr kaum folgen kann.

Draußen bleibt sie stehen und fasst sich ans Herz. »Ich darf mich nicht so aufregen!«, stöhnt sie. »Das ist gar nicht gut für meine Gesundheit. Komm, gehen wir heim! Ich muss mich mal ein wenig hinlegen.«

»Dann rufe ich mal meine Eltern in Hannover an«, stimme ich ihr zu. »Ich will wissen, wie es meiner Oma geht.«

Mit langsamen Schritten setzt sich die Baronin in Gang. »Hoffentlich hält dieser Tag nicht noch mehr Überraschungen für uns bereit, mein Junge.«

Von wegen! Die nächste Überraschung erwartet uns direkt vor unserem Haus: Rieke! Doch noch mehr als Riekes Anblick verblüfft uns das, was um ihre Schulter hängt – die Handtasche der Baronin.

Prompt kämpfen in mir zwei Gefühle drauflos. Einerseits bin ich entsetzt, dass Rieke tatsächlich zu der Räuberbande gehört. Aber andererseits freue ich mich darüber, dass Rieke ihre Tat offenbar bereut hat. Und ich bin einfach glücklich sie zu sehen. O Mann! Bin ich etwa in eine Verbrecherin verknallt?

»Hier, bitte!«, sagt Rieke und nimmt die Tasche von der Schulter. »Es ist noch alles drin«, beteuert sie.

»Wer hat sie gestohlen?«, will die Baronin wissen.

»Ich!«

Nein, das hat nicht Rieke gesagt, sondern Martin, der soeben um die Ecke biegt. Rieke schaut ihn genauso verblüfft an wie wir.

»Ich bin dir hinterhergeradelt«, erklärt er seiner

Schwester. »Eigentlich wollte ich dich aufhalten, aber du warst zu schnell.«

»Bist du nicht mit dem Moped gefahren?«, fragt die Baronin.

»Das gehört Nils«, antwortet Martin, worauf die Baronin und ich einen bedeutungsvollen Blick wechseln.

Martin atmet tief durch und breitet dann entschuldigend die Arme aus. »Es tut mir Leid, dass ich Sie beklaut habe. Ich habe einfach keinen anderen Ausweg gesehen. Unserem Hof geht es so schlecht, dass wir dringend Geld brauchen. Wir können die Raten für den Traktor nicht mehr bezahlen. Ich wollte so viel Beute wie möglich machen und dann das Geld meinem Vater in einem Umschlag schicken. Aber in den meisten Taschen waren nur ein paar Euro drin.«

Die Baronin wendet sich an Rieke. »Und du hast von Anfang an davon gewusst?«

»Nein«, antwortet Martin an ihrer Stelle. »Ich habe es ihr erst letzte Woche gestanden.«

»Er musste mir versprechen, dass er sofort mit dem Blödsinn aufhört«, sagt Rieke. »Weil ich ihm nicht glaubte, habe ich ihn immer im Auge behalten, wenn er nach St. Peter radelte. Darum habe ich ihn auch dabei beobachtet, wie er Ihre Tasche klaute.«

Martin lässt die Mundwinkel hängen.

»Ich konnte einfach nicht widerstehen«, gibt er kleinlaut zu. »Als ich die Handtasche auf der Theke stehen sah, hab ich einfach zugegriffen und bin weggerannt.«

Irgendwie wirkt die Baronin leicht enttäuscht. Ich kann mir auch denken wieso: Weil wir uns kein bisschen anstrengen mussten um den Fall zu lösen. Zwei Besuche auf dem Tüdderhof – und schon steht der Täter vor unserer Tür und legt ein Geständnis ab.

»Und wieso hast du diese eine Frau beim Diebstahl so schwer verletzt?«, frage ich Martin.

»Das war ich nicht!«, behauptet er energisch. »So was würde ich niemals machen, das müsst ihr mir glauben.«

»Und das tue ich auch!«, erklärt Rieke mit Nachdruck. »Martin hat fünf Handtaschen geklaut. Der sechste Raub geht nicht auf sein Konto. Nehmen Sie ihm das ab?«

»Im Abnehmen ist dein Bruder sicher besser als ich«, knurrt die Baronin nach kurzem Nachdenken, um schließlich leiser hinzuzufügen: »Ich glaube ihm. Aber es kommt drauf an, ob die Polizei das auch tut.«

»Die Polizei?« Martin erblasst. »Heißt das, dass Sie mich verraten werden?«

»Nein, du verrätst dich selber!«, entgegnet die Baronin. »Das macht einen besseren Eindruck. Früher oder später wäre dir die Polizei ohnehin auf die Spur gekommen. Na ja, wahrscheinlich eher später«, fügt sie grinsend hinzu. »Los, gehen wir!«

Den Weg zur Wache legen wir schweigend zurück. Ab und zu werfe ich einen Seitenblick auf Rieke, die jedoch völlig in Gedanken versunken ist und mich kein bisschen beachtet.

Der lange Lulatsch von Polizist futtert gerade eine Bockwurst, als wir in sein Büro kommen.

»Was wollen Sie denn jetzt schon wieder?«, ruft er der Baronin kauend entgegen.

»Nichts«, entgegnet sie. »Nur den Handtaschenräuber abliefern.«

Dem Polizisten bleibt fast die Wurst im Hals stecken.

»Du?«, brüllt er Martin an, wobei er so heftig aufspringt, dass sein Stuhl umkippt.

Riekes Bruder nickt und wird leichenblass.

»Wo sind die Fotos?«, fragt der Polizist mit einem seltsamen Zittern in der Stimme.

»Fotos?«, wiederholt Martin verständnislos. »Welche Fotos? Soweit mir bekannt ist, hat mich keiner dabei fotografiert, wie ich eine Handtasche geklaut habe.«

In diesem Moment klingelt das Telefon. Der Polizist hebt den Hörer ab und sagt: »Möhlmann!«

Dann sagt er eine ganze Weile gar nichts mehr. Während er der Stimme am anderen Ende der Leitung lauscht, irren seine Augen unsicher durch den Raum.

»Aha«, macht er schließlich und greift nach einem spitzen Bleistift. »Und wo?«

Er notiert etwas auf einem Block.

»Habe verstanden!«, sagt er und knallt den Hörer auf den Apparat, ohne sich von seinem Gesprächspartner zu verabschieden. Dann reißt er den Zettel vom Block und steckt ihn ein.

»Können wir uns jetzt dem Handtaschenfall zuwenden?«, fragt die Baronin.

»Nein!«, sagt der Polizist. »Ich habe was Wichtigeres zu erledigen.«

Daraufhin nimmt er seine Mütze vom Kleiderständer, setzt sie auf und eilt aus dem Zimmer.

Wir sehen uns ratlos an.

»Versteht ihr, was hier gespielt wird?«, fragt die Baronin in die Runde.

Rieke, Martin und ich schütteln die Köpfe.

»Aber das werden wir sicher noch rauskriegen«, sagt die Baronin. »Beeilung, Leute! Wir heften uns dem Kerl an die Fersen.«

Sie und die beiden Geschwister verschwinden aus dem Zimmer. Ehe ich mich ihnen anschließe, reiße ich den obersten Zettel vom Notizblock und verstaue ihn umsichtig in meiner Anoraktasche.

Man kann ja nie wissen, ob er nicht vielleicht noch nützlich sein wird ...

Kapitel 8

Herr Möhlmann ist wie vom Erdboden verschluckt, als wir draußen auf der Straße ankommen. »Weit kann er nicht sein«, sage ich und schlage vor uns zu trennen. »Wer ihn findet, der heftet sich an seine Fersen und lässt ihn nicht mehr aus den Augen.«

»Gute Idee!«, lobt mich die Baronin. »Wir treffen uns später am Kiosk auf der Promenade.«

»Soll ich denn auch mitmachen?«, fragt Martin.

»Na klar!«, sagt die Baronin. »Kennst du das Spiel Räuber und Gendarm? Im Moment bist du beides gleichzeitig.«

Wir schwärmen in vier verschiedene Richtungen aus. Ich übernehme die Seitenstraßen rechts und links von der Polizeiwache, halte dort jedoch vergeblich nach dem langen Polizisten Ausschau. Wer der Anrufer vorhin wohl gewesen sein mag? Und wodurch hat er Herrn Möhlmann dermaßen nervös gemacht?

Und vor allem: Welche Fotos hat er gemeint? Wo sollte Martin denn Fotos herhaben, die den Polizisten interessieren können?

Mir fallen die Fotos in dem Rucksack ein, der in unserer Wohnung liegt. Haben die vielleicht etwas mit dem Fall zu tun? Und wenn ja – wer hat sie gemacht und was ist darauf wirklich zu sehen?

Mittlerweile hat es angefangen zu regnen. Nachdem ich die letzte der kleinen Straßen abgesucht habe, kehre ich zurück zur Wache, um meine Runde aufs Neue zu beginnen. Aber kaum habe ich mich in Gang gesetzt, sehe ich den Polizisten aus einer Bank schräg gegenüber kommen. Er verstaut einen Briefumschlag in seiner inneren Jackentasche und bleibt dann an einer Litfaßsäule stehen. Dort schaut er sich mehrmals nach allen Seiten um, ehe er ein Handy zückt.

Während er sich aufs Wählen konzentriert, flitze ich schnell über die Straße, verberge mich hinter der Säule und spitze die Ohren.

»Ich bin's«, höre ich ihn aufgeregt ins Handy sprechen. »Wir müssen uns keine Sorgen mehr machen, mein Schatz. In einer Stunde ist die ganze Sache vorbei. Ich bekomme die Fotos und meine Frau wird nie von uns beiden erfahren.«

Er macht eine Pause. Dann sagt er: »Natürlich kostet das eine Menge Geld. Ich war eben auf der Bank. Aber was bleibt mir anderes übrig? Wenn ich nicht mein Sparschwein schlachte, werde ich selbst geschlachtet, und zwar von meiner Frau. So, ich muss jetzt Schluss machen. Nein, nicht mit dir, sondern nur mit diesem Gespräch. Tschüss!«

Er steckt das Handy ein, überquert mit betont lässigen Schritten die Straße und verschwindet in der Wache.

Ohne zu zögern nehme ich die Beine in die Hand und flitze los. Als ich am Kiosk ankomme, fällt mir ein, dass meine Eile völlig grundlos war. Die anderen drei werden sicher noch eine Weile auf sich warten lassen, weil sie die Suche nach Herrn Möhlmann wohl nicht so schnell aufgeben werden.

Nach einer Viertelstunde taucht die Baronin zusammen mit Martin auf. Sekunden später erscheint auch Rieke auf der Bildfläche.

»Und?«, fragt die Baronin. »Hat ihn einer entdeckt?«

»Nicht nur entdeckt«, antworte ich. »Auch belauscht.«

Ich berichte alles, was Herr Möhlmann gesagt hat.

»Das klingt nach Erpressung!«, vermutet die Baronin.

»Und nach einer Geldübergabe«, sagt Rieke. »Und zwar in etwa einer Stunde. Zu dumm, dass wir nicht wissen, wo sie stattfinden soll.«

»Ich weiß es!«, verkünde ich, ohne mir dabei ein triumphierendes Lächeln verkneifen zu können.

Sechs Augen stieren mich neugierig an. Ich fühle mich wie ein Star, dessen großer Auftritt von sechs Scheinwerfern beleuchtet wird. In Zeitlupe zücke ich den weißen Zettel und halte ihn allen vor die Nase.

»Der ist ja leer!«, wundert sich die Baronin.

»Nicht ganz« erwidere ich. »Er stammt von dem Block, auf dem der Polizist vorhin beim Telefonieren etwas notiert hat. Ist euch aufgefallen, wie spitz sein Bleistift war? Wenn wir Glück haben, können wir lesen, was er aufgeschrieben hat.«

»Dazu brauchen wir nicht nur Glück, sondern vor allem gute Augen!«, meint die Baronin und nimmt mir den Zettel aus der Hand. Sie hält ihn ganz dicht vor ihre Nase, schüttelt dann den Kopf und sagt: »Also ich kann nichts erkennen. Ihr vielleicht?«

»Geben Sie mal her!«, sagt Rieke. Sie legt den Zettel auf die Kiosktheke und schließt die Augen.

»Hä?«, mache ich. »Wie willst du denn jetzt lesen, was da draufsteht?«

»Na, so«, antwortet sie. Rieke holt einen Bleistift aus der Tasche und fährt damit schräg über das Blatt. Das wiederholt sie ein paar Mal. »Häuschen auf Waldspielplatz«, sagt sie schließlich.

»Bist du sicher?«, fragt die Baronin.

Rieke nickt.

»Aber wieso hat der Polizist sich das aufgeschrieben?«, wundere ich mich. »So was kann man sich doch behalten.«

»Nicht, wenn man Möhlmann heißt«, sagt Martin. »Sein Gedächtnis ist so löchrig wie ein Sieb. Das weiß der ganze Ort.«

Die Baronin schaut auf die Uhr. »In etwa einer Stunde geht die ganze Aktion über die Bühne. Also Beeilung, Leute! Wir müssen schon vorher auf dem Spielplatz sein!«

Wir setzen uns in Bewegung. Inzwischen ist der Regen stärker geworden, aber keiner von uns verliert ein Wort darüber. Die Baronin erkundigt sich bei den beiden Geschwistern, wieso die Geschäfte auf dem Tüdderhof so schlecht laufen. Wir erfahren, dass die Eltern von Rieke und Martin keinen blassen Schimmer von der Landwirtschaft hatten, als sie vor drei Jahren den Hof übernahmen. Ihr Vater war eigentlich Deutschlehrer und ihre Mutter Sekretärin. Darum haben sie am Anfang jede Menge Fehler gemacht, von denen sie sich vielleicht nie mehr erholen werden.

Erst eine halbe Stunde später kommt der Spielplatz in Sicht, der sich auf einer Waldlichtung befindet. Bei diesem Wetter ist natürlich weit und breit kein Kind zu sehen.

Martin zeigt auf ein winziges Holzhäuschen. »Sicher ist das hier gemeint. Wie gehen wir vor?«

»Ganz einfach!«, antwortet die Baronin. »Rieke und Benedikt sind die Kleinsten, also kriechen sie ins Häuschen, während wir uns hinter den Bäumen verstecken. Und dann werden wir ja sehen, was passiert!«

Rieke und ich? In so einem winzigen Häuschen? Ich weiß nicht, ob ich darüber froh oder sauer sein soll.

Als Martin und die Baronin verschwunden sind und Rieke ins Häuschen geklettert ist, stehe ich immer noch davor und trete von einem Bein aufs andere.

»Nun komm schon rein!«, drängt Rieke. »Ich beiße nicht!«

Aber sie küsst. Und sie redet. Und dann muss ich auch reden. Manchmal ärgere ich mich darüber, dass mein Freund Murat so eine Quatschtante ist. Aber manchmal ärgere ich mich noch mehr darüber, dass ich nicht selbst auch so eine Quatschtante bin. Jetzt zum Beispiel.

»Worauf wartest du?«, brummt Rieke. »Hier drin ist es schön trocken. Klettere endlich rein!«

Seufzend ergebe ich mich in mein Schicksal.

Ja, Rieke hat Recht: Trocken ist es wirklich in dem Häuschen. Allerdings auch furchtbar eng. Es ist nicht zu vermeiden, dass sich unsere Arme und Beine berühren. Und dass zwischen unsere Gesichter höchstens ein schmales Buch passen würde. Da es nur zwei winzige Fenster gibt, ist es mächtig dunkel hier drin. Ein Glück! Dann kann Rieke nicht erkennen, dass sich mein Kopf in eine Tomate verwandelt hat.

»Meinst du, Martin wird schwer bestraft?«, fragt mich Rieke nach längerem Schweigen.

»Hat er noch die ganze Beute?«, frage ich zurück.

»Ja.«

»Dann soll er die Handtaschen an die Frauen zurückschicken, denen sie gehören, und sich mit einem netten Brief entschuldigen. Darin kann er ja erklären, wieso er zum Handtaschenräuber wurde. Wetten, dass die Frauen die Anzeige zurückziehen?«

»Meinst du wirklich?«

»Ja. Er könnte ihnen auch anbieten, dass er –«

»Pscht!«, macht Rieke und legt einen Zeigefinger auf meine Lippen.

Was hat sie vor? Etwa mich küssen? Hilfe, ich will hier raus!

»Da kommt jemand!«, flüstert sie.

Also doch kein Kuss. Schade ...

Um nicht gesehen zu werden, riskiere ich keinen Blick nach draußen. Jemand kommt näher und bleibt vor dem Häuschen stehen. Ein Brief wird durch eins der Fenster geworfen. Ich komme mir vor, als würde ich in einem Briefkasten hocken! Die Schritte entfernen sich.

Rieke und ich greifen gleichzeitig nach dem Brief. Sie ist schneller.

»Geld!«, flüstert sie, nachdem sie den Umschlag aufgerissen hat. »Jede Menge Scheine. Das müssen ein paar tausend Euro sein! Sind die Fotos denn so viel wert?«

»Anscheinend.«

Wir verfallen in Schweigen. Mittlerweile ist es so dunkel im Häuschen, dass ich Rieke nur noch schemenhaft erkennen kann. Auf einmal spüre ich ihre

Hand auf meiner Schulter. Prompt spüre ich noch was: ein wahnsinniges Kribbeln im Bauch. Was hat sie vor? Die Hand wandert langsam meinen Rücken hinunter.

Ich drehe mich um – und erstarre zu Stein! Von wegen Riekes Hand! Die gehört jemandem, der seinen Arm durch eins der Fenster gesteckt hat.

Nach einer Schrecksekunde greife ich zu. Mit aller Kraft und mit allen zehn Fingern!

»Aua!«, brüllt eine Stimme.

Rieke hat sofort erfasst, was los ist, und umklammert nun ebenfalls den Arm. Leider ist sein Besitzer sehr kräftig und verteilt blind Stöße. Einer trifft mich an der Brust. Es tut höllisch weh. Vor Wut reiße ich den Mund auf und beiße den Kerl ins Handgelenk. Er schreit auf. Und ich? Ich fange an zu bellen, jawohl! Die Laute, die ich von mir gebe, klingen nach einem irren Kampfhund. Immer wieder beiße ich den Mann in den Arm. Er hört nicht auf zu winseln.

»Aus, Tiger!«, ruft auf einmal die Baronin, die endlich vor dem Häuschen aufgetaucht ist. »Du sollst den Kerl nicht zerfleischen!«

Mit einem lauten Knurren lasse ich von meinem Opfer ab.

»Nun sieh mal einer an! Wen haben wir denn da?«, ruft die Baronin aus. Sie klingt verblüfft. Kurz darauf ertönt Martins Stimme: »O Mann, das glaub ich nicht!«

Der Kerl da draußen scheint ja für einige Überraschung zu sorgen. Neugierig klettern Rieke und ich hinaus.

Nach der Dunkelheit in dem Häuschen tut mir das Licht in den Augen weh. Aber das ist nicht der einzige Grund, warum ich ihnen kaum traue ...

Kapitel 9

Vor uns steht Martins Freund Nils und umklammert mit der rechten Hand sein linkes Handgelenk. Tja, zum Glück für den Kerl habe ich keine Tollwut. Sonst hätte er jetzt ein echtes Problem.

Trotzig hält Nils dem überraschten Blick der beiden Geschwister stand.

»Was wird hier gespielt?«, schnauzt er sie an.

»Genau das würden wir gerne von dir wissen, mein Junge!«, sagt die Baronin.

»Sie können mich mal!«, faucht Nils sie an. »Vor euch hab ich keine Angst. Und auch nicht vor eurem Köter. Na los, hetzt ihn ruhig auf mich! Den trete ich k.o., und zwar mit links!«

»Du solltest lieber die Klappe halten!«, rät ihm die Baronin. »Sonst kriegst du es mit Benedikt zu tun. Ich hab dir schon mal erzählt, dass er ein wahrer Judomeister ist, mit dem man sich besser nicht anlegt.«

»Judo!« Nils fängt an zu kichern. »Dass ich nicht lache!«

Da reißt Martin die Geduld. »Was wolltest du hier, du Spinner? Hast du etwa Herrn Möhlmann erpresst?«

»Das geht dich nichts an!«, erwidert Nils, ohne seinem Freund in die Augen zu schauen. »Wenn du keinen Zoff mit mir kriegen willst, dann halte dich da raus.«

»Wer hier Zoff kriegt, bist du!«, sagt Rieke. »Wofür sollte dir Herr Möhlmann so viel Geld bezahlen?«

Sie hält ihm den Umschlag vor die Nase. Erst sieht es einen Moment lang so aus, als würde Nils ihn sich schnappen wollen, doch dann wählt er eine andere Taktik.

»Ich hab keinen Schimmer, wovon du redest!«, behauptet er und verschränkt die Arme.

»Du elender Lügner!«, brüllt Martin. »Für wie blöd hältst du uns eigentlich? Du treibst dich also nur zum Spaß auf dem Spielplatz herum und steckst rein zufällig deine Hand in das Häuschen, in das Herr Möhlmann eben einen Haufen Geld geworfen hat, was?«

Ein ironisches Grinsen erscheint auf Nils' Gesicht. »Sieh mal einer an! Unser Handtaschenräuber spielt sich als Meisterdetektiv auf!« Er wendet sich an die Baronin. »Wenn Sie den Kerl suchen, der Ihre Tasche geklaut hat, sind Sie bei mir an der falschen Adresse.« Er zeigt auf Martin. »Das da ist der Räuber! Ich habe mit der ganzen Sache überhaupt nichts zu tun.«

Mit diesen Worten dreht er sich um und will so rasch wie möglich verschwinden. Doch Martin stürzt sich auf ihn und schreit: »Du verdammter Verräter!«

Die beiden gehen zu Boden und schlagen wütend aufeinander ein. Dank der aufgeweichten Erde, in der sie sich herumwälzen, sieht das Ganze aus wie Schlammcatchen.

»Tu doch irgendwas!«, fordert mich die Baronin auf. »Die murksen sich sonst noch gegenseitig ab, die beiden!«

»Was soll ich denn machen?«, frage ich händeringend. »In solchen Situationen funktioniert Judo nicht so richtig. Ich brauche einen Gegner, der mir gegenübersteht und mich –«

»Schwätzer!«, unterbricht mich Rieke voller Verachtung. Sie geht kurz entschlossen auf die beiden Hitzköpfe zu und tritt Nils mit voller Wucht gegen das Schienbein.

Mit einem Aufschrei lässt er von Martin ab und krümmt sich am Boden. Ächzend steht Martin auf. Er ist von oben bis unten mit Dreck bedeckt, was ihn jedoch kein bisschen zu stören scheint. Der Blick, den er dem wimmernden Nils zuwirft, wirkt eher enttäuscht statt wütend. Kein Wunder! Er hat eben einen Freund verloren.

Rieke bückt sich und hebt einen Umschlag vom Boden auf.

»Ist das der mit dem Geld?«, frage ich.

Sie schüttelt den Kopf. »Der ist in meiner Jacke.«

Sie öffnet den Umschlag und holt ein paar Fotos heraus. Martin, die Baronin und ich linsen über ihre Schulter. Obwohl es reichlich dunkel ist, können wir alles erkennen.

Herr Möhlmann und eine junge Blondine, die schärfere Kurven hat als der Nürburgring!

»Das ist Frau Düsberg«, erfahren wir von Martin.

Die Baronin und ich wechseln einen verdatterten Blick.

»Ist das nicht die Frau, die beim Handtaschenraub so übel verletzt wurde?«, erkundige ich mich.

»Genau«, sagt Rieke. »Sie kellnert in dem Eiscafé gegenüber von der Polizeiwache.«

»Und dort isst wohl auch Herr Möhlmann sein Eis«, vermutet die Baronin schmunzelnd.

Auf den Fotos sind die beiden irgendwo in den Dünen zu sehen. Da die Aufnahmen nicht besonders gelungen sind, müssen sie wohl mit Selbstauslöser geschossen worden sein. Eins der Bilder zeigt den Polizisten und die Kellnerin in inniger Umarmung.

»Jetzt ist mir klar, wofür Herr Möhlmann so viel Geld bezahlen wollte«, sagt die Baronin. »Wenn seine Frau die Fotos in die Hand bekommen würde, müsste er noch mehr blechen. Eine Scheidung ist nämlich furchtbar teuer!«

Martin nähert sich Nils, der sich immer noch nicht von dem Tritt erholt hat.

»Wo hast du die Bilder her?«, fragt er ihn.

»Keine Ahnung!«, stöhnt Nils.

»Rück jetzt endlich mit der Wahrheit raus, du Vollidiot!«, drängt Rieke und ballt dabei die Fäuste. »Sonst trete ich dich gegen das andere Schienbein!«

»Nein, bitte nicht!«, fleht Nils. »Die – die Fotos sind – die habe ich –«

»Die hast du aus der Handtasche von Frau Düsberg!«, vollende ich seinen Satz. »Denn niemand anders als du hat sie ihr geklaut, stimmt's?«

Da Nils nichts sagt, holt Rieke mit ihrem rechten Fuß aus.

»Ja, stimmt«, sagt Nils schnell, bevor sein anderes Schienbein Bekanntschaft mit Riekes Schuhspitze machen muss.

»Was?« Martin reißt die Augen auf. »Du hast Frau Düsberg zusammengeschlagen?«

»Das war ihre eigene Schuld!«, behauptet Nils. »Die dumme Gans wollte einfach nicht die Tasche loslassen. Da habe ich ihr eine gescheuert. Sie hat zurückgeschlagen. Daraufhin habe ich sie so richtig vermöbelt.«

»Du mieses Schwein!«

»Und was bist du, hä?«, regt sich Nils auf. »Ohne dich wäre ich doch niemals auf die Idee gekommen, eine Handtasche zu klauen. Weil bei dir immer alles so reibungslos klappte, wollte ich es auch mal versuchen. Ich dachte, noch leichter kommt man nicht an Geld ran. Diese Düsberg bekommt doch von den Touristen Trinkgeld ohne Ende – so wie die aussieht! Aber in ihrer Handtasche waren nur ein Lippenstift, ein Spiegel, Nagellack, ein Buch und diese Fotos. Gib's zu: An meiner Stelle hättest du auch Herrn Möhlmann damit erpresst!«

»Blödsinn!«, widerspricht Martin zwar, fügt dann aber kleinlaut hinzu: »Na ja, kann schon sein! Aber im

Gegensatz zu dir habe ich das Geld nicht für mich gebraucht, sondern für unseren Hof. Und ich hab nie jemanden verletzt.«

Nils schaut Rieke mit zusammengekniffenen Augen an und fragt: »Darf ich jetzt aufstehen?«

»Von mir aus«, antwortet sie. »Aber versuch bloß nicht abzuhauen, sonst siehst du dein Schienbein erst in ein paar Wochen wieder.«

»Wieso?«

»Weil dann der Gips abgenommen wird.«

Mit langsamen Bewegungen erhebt sich Nils aus dem Matsch. Er sieht aus, als hätte er in einem Schweinestall übernachtet.

»Jetzt wird mir einiges klar«, sagt die Baronin. »Euch auch?«

Ich nicke. »Kein Wunder, dass sich Herr Möhlmann nicht mehr Mühe bei der Jagd auf den Handtaschenräuber gegeben hat. Wenn die Polizei ihn erwischt hätte, dann wären die Fotos bestimmt in die falschen Hände gekommen.«

»Jetzt kommen sie in die richtigen Hände«, sagt die Baronin lächelnd und nimmt Rieke die Bilder und den Umschlag aus der Hand. »Morgen liegen sie bei Frau Möhlmann im Briefkasten.«

»Wie sie wohl darauf reagieren wird?«, fragt Rieke.

»Wahrscheinlich genauso wie die Polizei«, antwortet die Baronin. »Sie wird ihn einfach rausschmeißen, wetten?«

»Und – und was wird mit mir?«, meldet sich Nils zu Wort. Das Großmaul hat sich in ein Häufchen Elend verwandelt.

»Für dich sieht es mehr als düster aus«, teilt ihm die Baronin ohne jedes Mitleid mit. »Du wirst nicht nur wegen Raub angezeigt, sondern auch wegen Körperverletzung und Erpressung. Und dann wäre da außerdem noch der Mordversuch an Benedikt.«

»Mordversuch?«, wiederholen die beiden Geschwister wie aus einem Mund und starren Nils und mich neugierig an.

»Wie – wie wollte er dich denn umbringen?«, will die völlig entgeisterte Rieke wissen.

»Mit seinem Moped«, entgegne ich. »Nachdem wir euer Haus besichtigt haben, ist er mit hohem Tempo direkt auf mich zugerast. Wenn ich nicht im letzten Augenblick zur Seite gesprungen wäre, wäre ich garantiert im Krankenhaus gelandet!«

»Du miese Ratte!«, schreit Rieke Nils an, der schuldbewusst den Kopf senkt und murmelt: »Ich wollte ihn gar nicht verletzen. Ehrlich nicht! Ich wollte ihm nur einen Schreck einjagen, damit er mit der Schnüffelei aufhört. Glaubst du mir das, Rieke?«

Die Antwort auf diese Frage überlässt Rieke ihrem rechten Fuß. Der Schmerzensschrei von Nils ist so wahnsinnig laut, dass er garantiert bis nach Hamburg zu hören ist.

Kapitel 10

»Ein Kännchen Lindenblütentee und eine Tasse heiße Schokolade, bitte!«, sagt die Baronin, als die junge Kellnerin mit den braunen Zöpfen an unseren Tisch tritt.

Wir sitzen direkt am Fenster und sehen hinaus auf die Strandpromenade, die fast menschenleer ist. Es gießt nämlich mal wieder in Strömen.

»Unglaublich, dieser Regen!«, rege ich mich auf. »Ist das Meer da hinten nicht schon Wasser genug für einen Ort? Aber nein: Hier schüttet es auch jeden Tag vom Himmel!«

Die Baronin lächelt. »Hoffentlich haben wir uns gestern keine Erkältung geholt.«

Ich muss an das Telefonat mit meinen Eltern gestern denken. Bei meiner Oma sind Komplikationen aufgetreten: Sie hat nämlich absolut keine Lust, noch länger im Krankenhaus zu bleiben. Deshalb macht sie den Ärzten und Schwestern die Hölle heiß. Und meine Eltern sind überglücklich darüber! Ich auch. Wahrscheinlich hätte ich mich von der Baronin nie überreden lassen, diesen Fall zu untersuchen, wenn ich nicht gehofft hätte, dass er mich von anderen Gedanken ablenkt. In Hamburg hätte ich wahrscheinlich die ganze Zeit in meinem Bett gelegen und über meine Oma und ihre Krankheit nachgedacht.

Dass mich inzwischen selbst eine Krankheit erwischt hat, behalte ich aber lieber für mich. Blöderweise gibt's auch keine Medikamente dagegen. Und die einzige Ärztin, die mich erfolgreich behandeln könnte, ist gar keine Ärztin, sondern ein Mädchen in meinem Alter.

Ja, genau: Meine Krankheit heißt Liebe!

Seit ich mich gestern Nachmittag von Rieke getrennt habe, muss ich ständig an sie denken. Beim Abschied hat sie mich zum ersten Mal richtig angelächelt. Ich war so perplex, dass ich nur eine dämliche Grimasse zustande bekam. Ob sie jetzt glaubt, dass ich sie nicht leiden kann?

Am liebsten hätte ich sie gestern Abend angerufen und mich für heute mit ihr verabredet, für einen Kinobesuch zum Beispiel. Aber Telefongespräche haben einen ganz entscheidenden Nachteil: Man muss dabei sprechen.

Klar, wegen Bianca habe ich ein furchtbar schlechtes Gewissen. Am letzten Schultag dachte ich noch, dass ich die nächsten vierzehn Tage ohne sie nicht überleben würde. Pustekuchen! Inzwischen verschwende ich fast keinen Gedanken mehr an sie, weil mir Rieke dauernd im Kopf herumspukt.

»Woran denkst du?«, will die Baronin wissen und durchbohrt mich mit einem neugierigen Blick. »Etwa an Martin und Nils?«

»Ja«, schwindle ich. »Die beiden waren doch richtige Freunde. Wieso hat sich Martin dermaßen in Nils getäuscht? Als es drauf ankam, zu ihm zu stehen, hat Nils ihn gnadenlos verraten.«

»So was passiert leider häufiger, als man denkt«, behauptet die Baronin. »Glaubst du denn beispielsweise, dass du dich hundertprozentig auf Murat verlassen kannst?«

»Na klar!«, erkläre ich energisch. »Murat würde alles für mich tun! Und ich alles für ihn!«

»Alles?«, wiederholt die Baronin mit einem leichten Schmunzeln. »Würdest du ihm auch erlauben, stundenlang mit Rieke am Strand spazieren zu gehen?«

»Sonst noch was?«, frage ich grimmig zurück, worauf die Baronin nur ein Kichern hören lässt.

»Nein, ich bin nicht in sie verknallt!«, behaupte ich mit Nachdruck. »Kein bisschen! Ich verknalle mich nicht, kapiert?«

»Ist ja gut«, versucht die Baronin mich zu beruhigen. »Ich will dich nicht zum Lügen ermuntern.«

Darauf will ich was Deftiges erwidern, doch in diesem Moment serviert die Kellnerin unsere Getränke. Ich greife nach meiner Tasse, trinke einen Schluck und verbrenne mir dabei die Oberlippe. Mist! Hoffentlich kriege ich jetzt keine Blasen. Schließlich kann ich nicht wissen, ob ich meinen Mund in den nächsten Tagen noch zu was anderem gebrauchen will als zum Reden und Essen.

»Tja, die Handtaschenräuber haben wir überführt«, sagt die Baronin. »Die Erpressung haben wir auch verhindert. Und nebenbei haben wir vielleicht auch noch für eine Scheidung gesorgt. Aber was ist mit deinem Rucksack? Und dem geheimnisvollen Foto?«

Ich zucke die Schultern. »Keine Ahnung.«

»Hol doch noch mal die Bilder heraus«, meint sie. »Wir sollten sie uns alle noch mal ganz genau anschauen.«

Während ich in den Rucksack greife, ziehe ich eine Schnute, was der aufmerksamen Baronin natürlich nicht entgeht.

»Hast du keine Lust mehr aufs Detektivspielen?«, will sie von mir wissen.

Wortlos lege ich den Umschlag mit den Bildern auf den Tisch. Die Baronin holt die Fotos heraus und sieht sie der Reihe nach an. Dann legt sie die Aufnahmen neben ihre Kanne und gießt sich eine Tasse Tee ein.

»Du hast Recht, Benedikt!«, seufzt die Baronin. »Wir sollten die Tage in St. Peter-Ording genießen, ohne unsere Zeit mit irgendwelchen Ganoven zu verschwenden. Ab morgen soll das Wetter wieder schöner werden. Weißt du was? Ich freue mich schon auf lange Spaziergänge am Meer. Und du?«

Auf Rieke. Sobald der Regen aufhört, will ich mir ein Rad ausleihen und zum Tüdderhof fahren. Dort bleibe ich einfach so lange auf dem Hof, bis Rieke sich blicken lässt. Und dann werde ich etwas sagen. Irgendwas. Nein, nicht irgendwas, sondern etwas Nettes.

Ach Quatsch! Wahrscheinlich werde ich Rieke nie mehr wiedersehen. Mir fehlt der Mut, einfach auf dem

Tüdderhof aufzukreuzen – ganz zu schweigen davon, dass ich dort auch noch was sagen soll.

Da taucht plötzlich wie aus dem Nichts die schwarzhaarige Frau aus dem Intercity vor unserem Tisch auf. Vor Überraschung zucke ich fast zusammen, während die Baronin die ganz in Gelb gekleidete Handleserin mit mürrischer Miene von oben bis unten mustert.

»Ich wusste es, dass wir uns noch mal treffen«, beginnt die Dame mit ihrer rauchigen Stimme.

»Das wusste ich auch«, entgegnet die Baronin. »In kleinen Orten ist es nicht zu vermeiden, dass einem immer wieder dieselben Leute über den Weg laufen.«

»Sie mögen mich nicht, stimmt's?«, fragt die Dame, allerdings eher belustigt als beleidigt. »Aber das macht mir überhaupt nichts aus. Wir beide sind viel zu verschieden um uns näher zu kommen.«

»Hoffentlich!«, knurrt die Baronin.

Die kleine Frau lacht. »Sie halten mehr von Vernunft und ich mehr von Gefühl. Sie interessieren sich für Dinge, die rings um Sie passieren, und ich interessiere mich mehr für Dinge, die in mir passieren.«

»Sie kleiden sich wie ein Kanarienvogel und ich nicht!«, betont die Baronin einen weiteren Unterschied, worauf sich die Dame leicht pikiert von der Baronin ab- und mir zuwendet.

»Und wie ist es mit dir, junger Mann?«, fragt sie mich mit einem freundlichen Lächeln. »Hast du etwas übrig für Spiritualität?«

»Hä?«, mache ich und greife nach meiner Tasse, um mir erneut die Oberlippe zu verbrennen. Wird diese verdammte Schokolade denn nie kalt?

Nachdem ich die Tasse wieder hingestellt habe, greift die Dame nach meiner rechten Hand. Doch als sie darin lesen will, schweift ihr Blick auf einmal zu den Fotos auf dem Tisch. Sie lässt mich sofort los.

»Mein Rucksack!«, ruft sie verdattert aus. »Du hast ihn mit meinem vertauscht, stimmt's?«

»Wieso ich?«, frage ich zurück. »Sie haben ihn vertauscht!«

»Ist ja auch egal!«, sagt die Frau und greift nach den Fotos. »Hauptsache, wir haben unsere Sachen wieder. Wohin soll ich deinen Rucksack bringen?«

Ich verrate ihr unsere Adresse.

»Um drei Uhr bin ich da, einverstanden?«, schlägt die Dame vor und will verschwinden.

»Einen Augenblick!«, hält die Baronin sie zurück. »Was ist das für ein Foto, auf dem nachts jemand mit einem Spaten zugange ist? Darf ich mal fragen, was da vergraben wird?«

»Das ist ein Geheimnis«, verkündet die Dame. »Und zwar eins, dem Sie niemals auf die Spur kommen werden.«

Ein ironisches Lächeln umspielt die Lippen der Baronin. »Sind Sie sicher, meine Liebe?«

»Todsicher!«, erwidert die Frau, wobei sie uns beiden einen finsteren Blick zuwirft. »Und jetzt muss ich raus auf den Strand, um meine Energie aufzuladen.«

»Warten Sie noch!«, bitte ich sie und strecke meine rechte Hand aus. »Könnten Sie bitte mal kurz in meiner Hand lesen?«

Die Baronin verdreht die Augen, während mich die schwarzhaarige Frau fragt: »Möchtest du denn was ganz Bestimmtes wissen?«

Ich nicke.

»Und was?«

»Na ja – äh – ist da vielleicht zufällig was zu sehen von einem – äh – einem Mädchen?«

Die Frau grinst. »Meinst du etwa ein Mädchen mit langen, roten Locken?«

»Ja, genau!«

»Ein Mädchen, das wie ein Engel aussieht?«

»Ja, richtig!«, juble ich fast. »Was lesen Sie denn über das Mädchen?«

»Ich erkenne ganz deutlich, dass dieser Engel heute Nachmittag mit dir gemeinsam ins Kino gehen möchte.«

»Echt?«

»Sie möchte dich schon etwas früher treffen«, fährt die Frau fort. »Kann sein, dass sie noch was Wichtiges mit dir zu besprechen hat. Sie wird einen grauen Mantel tragen und einen kleinen, grünen Schirm mitbringen, unter dem ihr beide nur dann Platz habt, wenn ihr euch einhakt.«

Ich bin baff. »Und das alles lesen Sie aus meiner Hand?«

»Nein!«, gibt die Frau zu. »Das lese ich aus dem Fenster. Dreh dich mal um!«

Ich fahre herum.

Rieke!

Sie steht vor dem Fenster, lächelt mich an und wedelt dabei mit zwei Papierstreifen – sind das etwa Kinokarten? In der anderen Hand hält sie tatsächlich einen grünen Schirm.

»Sieht ganz so aus, als hättest du heute eine Verabredung«, sagt die Baronin.

Ich drehe meinen Kopf in ihre Richtung. Die Handleserin ist verschwunden.

»Aber ehe du abhaust, sollten wir noch mal über das Foto reden«, fährt die Baronin fort und führt mit einer eleganten Bewegung ihre Teetasse an die Lippen. »Diese angebliche Wahrsagerin ist mir nicht ganz geheuer. Hast du gehört, wie sie eben das Wort *todsicher* ausgesprochen hat? Wenn da keine Leiche vergraben liegt, fresse ich ihren Besen. Wie sollen wir bei unseren Ermittlungen vorgehen? Ich hätte da einen Vorschlag.«

Die Baronin redet weiter und schaut dabei aufs Meer hinaus, das heute mehr zu erahnen als zu sehen ist. Ich erhebe mich vorsichtig von meinem Stuhl, nehme den Anorak von der Lehne und schleiche hinaus.

Als ich kurz darauf zusammen mit Rieke am Fenster des Cafés vorübergehe, fällt der Baronin vor Überraschung fast der Unterkiefer auf den Schoß. Ich winke ihr mit dem rechten Arm zu.

Den linken habe ich bei Rieke eingehakt ...